国家出版基金资助项目

项目编号：2018~076

昆仑神曲

新疆是个好地方

毕化文◎著

"一带一路"大型系列丛书

总策划　戴佩丽
主　编　孙春光　副主编　马庭英

中央民族大学出版社
China Minzu University Press

图书在版编目（CIP）数据

昆仑神曲 / 毕化文著. —北京：中央民族大学出版社，2019.2

（“一带一路”大型系列丛书 . 新疆是个好地方）

ISBN 978-7-5660-1635-5

Ⅰ. ①昆…　Ⅱ. ①毕…　Ⅲ. ①散文集—中国—当代　Ⅳ. ①I267

中国版本图书馆 CIP 数据核字（2019）第 002942 号

昆仑神曲

著　　者　毕化文
责任编辑　戴佩丽
责任校对　肖俊俊
封面设计　舒刚卫
出 版 者　中央民族大学出版社
　　　　　北京市海淀区中关村南大街 27 号　　邮编：100081
　　　　　电　话：68472815（发行部）传真：68932751（发行部）
　　　　　　　　　68932218（总编室）　　　68932447（办公室）
发 行 者　全国各地新华书店
印 刷 厂　北京建宏印刷有限公司
开　　本　787×1092（毫米）　1/16　印张：12.25
字　　数　160 千字
版　　次　2019 年 2 月第 1 版　2019 年 2 月第 1 次印刷
书　　号　ISBN 978-7-5660-1635-5
定　　价　55.00 元

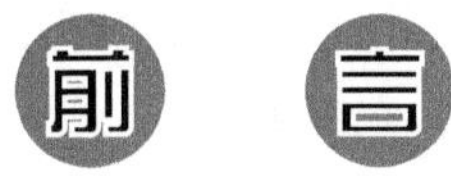

前言

“一带一路”倡议中，新疆定位于丝绸之路经济带核心区，并以日益凸显的区位优势和辐射效应，与21世纪海上丝绸之路逐步衔接。

在第二次中央新疆工作座谈会上，习近平总书记强调，要在各族群众中牢固树立正确的祖国观、民族观，弘扬社会主义核心价值体系和社会主义核心价值观，增强各族群众对伟大祖国的认同、对中华民族的认同、对中华文化的认同、对中国特色社会主义道路的认同。近年来，在以习近平同志为核心的党中央坚强领导下，新疆文化事业得到长足发展，对经济社会发展的引领作用不断增强，特别是随着稳定红利持续释放，文化创新呈现快速增长。实践充分证明，以习近平同志为核心的党中央治疆方略高瞻远瞩、英明睿智，只要坚定不移地贯彻落实党中央治疆方略，新疆形势就能朝着全面稳定的方向发展、就能实现社会稳定和长治久安，新疆经济就一定能够贯彻好新发展理念、推动高质量的发展。

“一带一路”倡议的实施是新疆地区走向现代化、融入现代化潮流、发展现代文化的一次新机遇。在这一背景下，《一带一路大型文化系列丛书——新疆是个好地方》出版项目正式推出，其目的就是要围绕中心、服务大局，弘扬主旋律，传播正能量，为推进新疆稳定发展提供了强有力的文化支撑。

丛书坚持党性与人民性相统一，不断增强中国特色社会主义道路自信、理论自信、制度自信、文化自信；坚持正确文化导向，团结、稳定、鼓劲，弘扬正能量；紧紧围绕社会稳定和长治久安总目标，使文学作品服务大局，形成文化艺术的强大合力。丛书作品内容注重创新意识、创新观念、创新内容、创新形式，切实提高文学作品的传播力、引导力、影响力和公信力；坚持“高举旗帜、引领导向、围绕中心、服务大局、团结人民、鼓舞士气，成风化人、凝心聚力、澄清谬误、明辨是非、联接中外、沟通世界”。

丛书的出版发行，将对发展新疆区域文化产生积极的正面效应。基于此，我们遴选了疆内的数十位知名作家，通过报告文学、散文、诗歌、小说等形式，从不同的角度反映新疆现代文化发展，展示各民族同胞践行社会主义核心价值观以及逐步形成的进步、文明、开放、包容、科学的理念，讴歌各民族同胞团结互助的精神风貌和浓厚氛围，进一步增强各民族同胞之间的认同感，更好地维护新疆地区的长久稳定和繁荣助一臂之力。丛书视角独特、文字量浩繁、信息量巨大，让新疆人民可以真正全面地知道自己，让疆外的读者可以全面地认知新疆，也让世界客观地了解新疆、了解中国。

丛书得到了中共中央宣传部新闻出版署、中共新疆维吾尔自治区党委宣传部审读处、国家出版基金的大力支持，使得这部丛书得以顺利出版。

编　者

目录

最后的牧马兵

一

在军分区，王老兵是出了名的说话冲，爱抬杠，认死理的家伙，不过没办法，王老兵资格太老了，连他当年带出来的兵都当了连长、营长了，屁股后头的兵呼呼啦啦一大群，连司令员见了他都称呼他“老王”，王老兵一听，不管戴没戴帽子，甚至连脚后跟儿都没有并到一块儿，都赶紧着举手敬礼，司令员见王老兵那个希拉样子，笑了，摆摆手拖着曲里拐弯的川音说：你龟儿子王老兵敬的礼，哪个受得起吆，实在不敢当，不敢当嘛！王老兵就少有的面露腼腆，右手一捋毛扎扎的头顶，低下脑袋“嘿嘿”一笑，趁司令员不注意，“刺溜”一下，尥蹶子蹿了。

那一回，王老兵的凶悍我侥幸躲掉了，而是让接我后面一班哨的哨兵遇了个正着，事后我多次设想，如果那天遇上王老兵的是我，接下来的事情将要朝着哪个方向发展，结果会是什么样子，的确难以预料，只不过阴错阳差地让下一班哨兵赶上了。

接我哨的是我的同年兵，叫孟剑。孟剑上的是晚上的第二班哨，那会儿是整个城市最安静的时候，也是哨兵最容易打盹儿的时候，孟剑把装了子弹的弹夹卡在冲锋枪上，子弹没有推上膛，还关了保险。那会儿分区的大门还比较简陋，高大的“门”字形墙垛，顶端是水泥浇的顶，大门两端是狭窄的耳房，冬天上哨躲避寒冷的时候，穿了件皮大衣，在里面转个身都非常困难。

夜色深深，马路两边的米黄色路灯寂寞地亮着，像濛濛的细雨，又像惨淡的夜雾。孟剑穿着大头鞋，手上戴着棉手套，将冲锋枪枪托朝上背在身上。忽然，在分区石头围墙的西北角儿，临近公路的林带里，影影绰绰拐过来一个人影，一晃一晃地出现在街道路灯下的地面上，一杵一杵地移动着，随之，似乎是被这长长的影子拽着似的，一个人也跟着出现了。孟剑一看那人走路踉踉跄跄，就知道是个醉汉，他小心而多余地看了看两扇早已关闭的，钢筋焊成的大门，打起了精神，将胸前的枪背带用右大拇指绷紧了些，专注地盯着那人一步步走近。

走到近前了才看清楚，这个人竟也是个当兵的。那会儿我们当兵满打满算才短短的两个月，从新兵连刚下到老连队，连连队里官兵的姓名才勉勉强强记得下一半儿，对于隶属后勤部门的王老兵的情况，自然一点都无从得知。孟剑一看这个兵，没戴帽子不说，还穿了身泥黄色的老式帆布军装，小翻领上的红领章都洗得泛了白，脚上是一双深腰的雨鞋，跟我们心目中的官兵的形象格格不入。离得远的时候还闻不到，等到近前了，一股刺鼻的马厩里的气味儿，让孟剑的鼻梁皱了皱。最要命的是，我们这些新兵从一入伍就学习条令，军容风纪已深入骨髓，他一见王老兵那个熊样儿，就认定这不是个好兵，却不知道拿眼前这个希拉兵该怎么样处理，而且，眼前的这个胡子拉碴的兵浑身流露出一股蛮劲儿，个头儿足足高出他一头还要多。

孟剑正犹豫间，铁大门就被擂响了，“哐哨，哐哨”地在夜里传出很远，同时王老兵还怒狮般地狂吼：开门，我要回去！快开门，你个新

兵蛋子！

王老兵毕竟熟悉情况，敲了几下大门后，忽然想起一旁的侧门是不关的，供往来大院的人出入，于是他气势汹汹地撞开侧门，逼近孟剑，伸手抓住孟剑的衣前襟，举着攥得紧紧的铁拳，在孟剑眼前晃来晃去，几次险些就要落在孟剑的身上，嘴里喷着浓烈的酒气，还一个劲儿地嚷嚷，说我要替你们连长教训教训你这个新兵蛋子，要你学会如何尊重一个老同志！

孟剑第一次遇见这种情况，紧张地把枪端在了手中，枪口对着王老兵，黑暗中看不出他的哆嗦，只一句接一句地警告王老兵：我可是在执行勤务，你再敢动哨兵，我可要开枪了！

开枪？王老兵说，你开一个给我看看，你个新兵蛋子，屎我能给你捏出来信不信？还开枪，把你狗日的日能（方言：本事大）得不行了！

两人纠缠间，不知什么时候孟剑已经拉开了保险，子弹也推上了膛，结果，就在王老兵再次挥舞着拳头要揍孟剑的时候，“砰——”的一声，孟剑扣动了扳机。

子弹呼啸着飞上了天，枪声还在分区大门口的上空盘旋的时候，警备参谋就已经带着纠察乘着吉普扑了过来，他们一看是王老兵，只好哄骗着他上吉普车回去休息，王老兵死活不干，吵着嚷着要警卫连的查连长过来，狗日的不过来他就待在这儿，哪儿也不去。查连长是王老兵带出来的，他要当面问问这个狗日的，他是怎样带兵的，自己以前是如何教他尊重老同志的。

不一会儿，查连长果然气喘吁吁地来了，他一边高声喝令要关孟剑的禁闭，一面赔着笑脸对王老兵说，老班长，您就别跟一个新兵蛋子一般见识了，都是我带兵无方，还声色俱厉地扭过头去喊：看我回去不好好收拾你！同时给一块儿来的孟剑的班长递眼色，要他赶快把孟剑弄回连队去。

回连队的路上，孟剑的班长说，你惹谁不行，偏偏惹他——也难怪

他喝那么多的酒，他心情不好啊！

班长告诉孟剑，不久前，王老兵处了一个对象，是个离过婚的女人，就在分区隔壁的学校里当老师，介绍人是副司令的老婆，在这个学校当校长。那老师虽然离婚已经好多年了，仍然比王老兵小好几岁。副司令老婆在介绍王老兵的情况时，说王老兵就是因为太爱战马事业了，这才把婚姻大事耽搁下来，这么多年来军功章得了一大堆，可是，副司令的老婆双手一摊，要那么多的军功章有什么用啊，军功再多也替代不了老婆啊！那老师就同意，说先跟王老兵见一面再说。没想到王老兵在接到电话时，正给“赤兔”马清理发炎的左眼，来不及打扮，就一身马厩味儿地赶去赴约，那老师一见面，觉得王老兵太不尊重自己了，就捂着鼻子，连声“再见”都没说，连忙逃也似的跑了。王老兵觉得憋气，就近在一个小酒馆里把自己灌了个烂醉，在回来的时候又遇上一个不懂事儿的新兵，于是就发生了这场动静不小的纠纷。

二

这件事情过后不久，我就到连部当了文书，这才注意到，王老兵一有空闲，就到连队来，人还没到连部，就一口一个“小查子”（我们连长是满族，姓查）地咋呼开了。以连长为首的连队干部，闻声赶紧迎出营房门口，把王老兵毕恭毕敬地让到连部，王老兵呢，简直像到了自家的地盘一样放浪形骸。每回一到连部，王老兵就一屁股坐在查连长的办公桌上，将连长用铁皮弹盒做成的莫合烟往眼前一拉，一根接一根地卷着抽，边抽边跟连长指导员他们谝大拉子（扯闲篇）。我忙前忙后地为大家服务，久而久之，就对王老兵的情况掌握了个八九不离十。

原来，王老兵的父亲是先前骑兵团的军医，20世纪50年代随小分队到昆仑山下剿匪，不料在铁干里克一带，遭遇了土匪的伏击，带队的是骑兵团作战参谋张雷，他一看，小分队的几名同志和胯下战马大部分已经中弹牺牲，自己也负了重伤，只有王医生因为躲在一棵干枯的胡杨

树后面，才躲过敌人的子弹。张参谋的坐骑叫“赤兔”，是小分队临行前团长亲自送给他的，是一匹毛色闪亮、体态修长高大，又十分敏捷的枣红色战马，此刻它竟腾挪跳跃地躲避着土匪的枪弹，一边还“咴儿咴儿”地昂首嘶鸣，意思好像是提醒小分队快撤，眼下情势凶险。张参谋命令王军医骑上“赤兔”，赶快回去通知增援部队。在骑着“赤兔”突围的过程中，一颗流弹飞来，从“赤兔”的左眼穿过，当时王军医根本不知道“赤兔”已经受伤，只是一个劲儿地快马加鞭，催促“赤兔”赶快跑回去搬兵。等到了剿匪部队设立的联络点时，“赤兔”再也坚持不住，终于“噗通”一声，卧趴在尘埃里，左眼的血迹已经结成了血痂。王军医一看，大放悲声，发誓一定要救回“赤兔”的性命。在剿匪部队和王军医的精心医治和照料下，“赤兔”虽然一只眼睛瞎掉了，却终于活了下来。

剿匪战斗结束后，骑兵团撤编，为了让那些立下赫赫战功的战马能够善终，军分区在离城市 10 多公里的草原上建了一个军马场，设立专门的军马饲养员，归分区作训科和后勤部同时管理（不久后又直接隶属后勤部了）。为了工作上的连续性，这位饲养员必须是职业兵，也就是后来的志愿兵。王老兵的父亲在骑兵团撤编后，转业回到甘肃老家，在县医院当了一名医生，但他一刻都没有忘记自己在骑兵团的战斗生涯，和那些牺牲了的战友，以及无言的战友——军马，尤其最思念那匹救了自己性命的“赤兔”，“赤兔”常常在夜里出现在他的梦中，发出“咴儿咴儿”的嘶鸣，似乎对他发出召唤一样。王老兵那会儿虽然才十四五岁，但个头长得出奇地快，不知道的还以为是个大小伙子。由于受父亲战斗故事的熏陶，他很小的时候就向往军营生活，一天到晚吵闹着要当兵，于是，在王老兵 16 岁那年，思念老部队心切的王军医，带上已经跟成人个头差不多的王老兵，重返军分区。此刻分区的司令员正是那会儿的骑兵团团长，王军医话一出口，王老兵就留下来当兵了。

当初分区的意思，是让王老兵“子承父业”，先送军区医护学校学

习，再回到分区卫生科当军医。王军医无论如何也不同意，定要儿子到军马场当一名牧马兵，尤其是当他听说“赤兔”仍然好好地活着的时候。他专门带着儿子来到军马场，将当年的故事完整地给儿子讲了一遍，一边讲一边搂着“赤兔”的脖子哗哗地流泪。在离开分区返回老家前，他一再嘱咐儿子，一定要善待这里的每一匹军马，要像善待自己的父辈一样，不能有丝毫的马虎，否则就不是他的儿子，王老兵一一应承了下来。为把王老兵培养成为一名合格的军人，分区先把王老兵送进教导队，跟当年入伍的新兵一起参加教导队训练。王老兵似乎天生就是一个当兵的料，他不仅处处做到严格要求自己，还在新兵连的训练中，多次拿到训练考核的第一名。

虽然离战火纷飞的年代越去越远，军分区对这些走过烽火硝烟的军马依然是高度重视，除了送王老兵到专业的兽医学校学习专业知识，还为他选配了一个战士做帮手。这样一来，王老兵就可以抽出时间参与分区的新兵训练，连续当过多期新兵班班长。在教导队，王老兵以新兵训练严格而著称，他训练的时候喜欢夹带小动作，急的时候话带脏字，为此教导队多次对他提出批评，但他带出来的兵个个素质过硬，动作规范标准，况且，他的小动作始终拿捏得恰到好处，从没有出现过大的问题，还赢来每一个新兵的尊重。每次训练一结束，他都要立刻返回到军马场安心当自己的牧马兵。分区多次给军区打报告，要求给军马场一名干部的编制，这样也好给王老兵一个妥善的安排，每次却都被军区以军马已经不适应于现代战争的需要，要逐步淘汰，因而不适于再编制干部为由拒绝了。分区还曾想过，将王老兵借调到某个机关单位，先解决干部指标再说，也被王老兵以军马场离不开自己而拒绝了。

三

分区有一位解放战争时期参加革命的老科长，老科长有一位年轻貌美的女儿，她还在上高中的时候，学校就多次组织同学们到军马场，对

她们进行革命的传统教育，她因此被“赤兔”马的事迹深深震撼，也被王老兵多次拒绝组织的照顾，立志要当一名合格的牧马兵所感动，从内心喜欢上了王老兵。高中毕业后，科长的这个女儿在某个政府机关当了一名宣传干事，在王老兵进教导队当新兵班长的时候，她多次一个人跑到新兵班，趁着王老兵短暂的清闲，打开王老兵的床头柜，取出王老兵抄写的流行歌曲，纠缠着要王老兵教她唱歌。其实，了解她的人都知道，她的嗓子比天上的百灵鸟儿还动听，她还曾经在全市青少年歌咏比赛中获头等奖，哪里需要王老兵粗厚破嗓的点拨呢，明眼人一看就知道是咋回事儿了。

可是，条令不允许战士在驻地谈恋爱，王老兵又不是军官，只好将满腔的心事儿压在心底。不久后的一天，科长的女儿在下班回分区大院的路上，被一辆大卡车迎面撞飞，不治而亡，王老兵极度消沉地过了一段时间后，再也不提个人问题这档子事儿了。

眼看年龄和军龄都到了极限，提干是没有什么指望了，分区只好将王老兵转成了志愿兵。

在我当文书这段时间里，渐渐跟王老兵混得熟悉了，也敢于在他面前稍稍放肆一点的时候，有一次，我问他，那回他和那位老师见面，是不是故意穿一身马厩味的工作服跟人家见面的，同时我还提到那位多年前因车祸不幸去世的女子的名字，问他是不是心里仍然放不下这个初恋情人呀。想不到王老兵竟勃然大怒，骂道：你个没大没小的牛犊子，再敢在老子面前提一次这个名字，小心我把你的屎给捏出来！我吓得一吐舌头，赶忙从他眼前消失了。有一次，我无疑中听查连长跟他的几个同年兵在背地里说，每年的清明节，王老兵都悄悄地来到东山，在那面埋着那位夭折女子的山坡上，给早逝的心上人祭祀。因为两人的关系从来没有确立，王老兵只能背着大家去给她烧纸，默哀，说说心底的话。时间久了，哪能会不被人们发现呢？只是大家即使看见了，也装作什么都没看见。毕竟，这是一个多么令人伤感唏嘘而又凄美的爱情故事啊。

四

分区在驻地有两个农场，一个在北斗星乡，是我们连队的，距离分区有几十公里远，我当班长的时候，曾经几次带领全班弟兄到农场劳动。有时候是跟在大型收割机后边，收割那些因为低矮被收割机遗漏的麦子，或一些死角里收割机无法收割到的麦子，有时候是给几十亩地的油葵间苗，还有一次是给农田打埂子，累得大家东倒西歪的。另一个农场是机关的，其实就是王老兵说一不二的军马场，因为跟我们连队联系不多，我从来没有去过，直到当兵的第三个年头，才第一次来到这个只闻其名，不见其景的地方。

随着岁月的流逝，骑兵团留下的军马也在逐年减少，到了我们入伍的时候，基本上就没有几匹了，偌大的军马场变成了军分区的饲养场。里面有成群的羊、鸡、鸭、牛和猪，方圆十几公里大的练马场，也早就不再有战马飞奔驰骋的身影，变成了“风吹草低见牛羊”的荒野草滩。军马场附近有一个乡政府，乡里在军马场附近建有一家相当规模的奶牛场，因陡然间引进了太多的奶牛，以致缺乏当年越冬的草料。该乡和分区是多年的军民共建对子，他们发现练马场野草济济，就向分区领导提出，要收割练马场里的野草做奶牛越冬的草料，分区不仅答应了，还主动提出，由分区官兵来收割后，将干草送到奶牛场去。

那天的风很大，因为入秋已久，天气开始变得有些寒冷，风吹到人的脸上，感觉就变得麻木和僵硬。分区组织机关和我们连队 100 多官兵，分乘几辆卡车，风驰电掣般驶往军马场。此刻的野草因为时候已到秋末，已经变黄变老，作为奶牛饲料刚刚好，但收割起来却非常费劲儿，我们手中那长长的弯月镰刀，被粗壮结实的野草秸秆别出一个个大口子。那天带队去的是一位副司令员，他要求我们每人收割的草分量不得少于 300 公斤，并且由王老兵现场过磅，不完成任务决不收兵，所以，大家一直干到太阳偏西，还在草地里挥汗不已。

终于到开饭时间了，后勤为机关官兵送的是抓饭，我们连队送的则是蒸面，蒸面里的菜用的是四季豆和羊肉，虽然我对羊肉很喜欢，可是同年兵中有几位就是受不了羊肉味，说膻得慌，不好吃。其中有一位姓郑的同年兵，端着一碗蒸面，来到我吃饭的一棵沙枣树下，一屁股坐在一块石头上，将一块块羊肉挑出来撂到地上，还不停地发牢骚。而王老兵恰好从别处走到他和我的后面，他愣是没有发现，还弄不懂我的眼神儿，说炊事班这帮货物蛋子，知道老家伙不喜欢这膻东西，偏偏往锅里做，真不知道他们一天到晚在干什么。仅仅说这些还没什么，他竟连那匹战功卓著的"赤兔"也没有放过，说什么屁军马场，几匹东倒西歪的破瘦马，连个灰头土脸的驴子都不如，还牛都吹到天上去，说什么是立过赫赫战功的"赤兔"战马。人家三国里吕布胯下的那才叫"赤兔"呢，咱们这个"宝贝儿"算得上什么东西，一匹老得连路都走不成的老瞎马。一听他说起了那匹老军马，我赶紧摆手制止他的时候已经晚了，王老兵早已一个箭步蹿到那同年兵的眼前，吼道：你刚才说什么？你把刚才的话再给老子说一遍！说时迟那时快，王老兵的话音未落，我同年兵的脸上已经"啪"的一声脆响，结结实实着了一巴掌，在同年兵愣怔的时候，王老兵接着骂道：在这个世界上，你骂哪个都可以，唯独不能辱骂我的"赤兔"马，它是你能骂的吗？它是顶天立地的功臣，你是什么东西？就是个羽毛没长全的新兵蛋子！

骂完，王老兵才悻悻地到别处查看草场的收割情况去了。

很快，同年兵回过神来，哭着告到副司令那里，结果，王老兵受到入伍多年来的第一个处分！

五

一年后，军队进行大规模的精简整编，分区警卫连变成了警卫排，我成了首任警卫排长。早已名不副实的分区军马场，自然而然地要顺应历史潮流，淡出人们的视野，退出历史，退出军队序列，移交到地方政

府部门，王老兵呢，也即将随之就地转业，成为一名地方上的职工。

军马场移交前的一个礼拜，上级交给我们警卫排一项公差勤务，乘车随有关部门到军马场清点军产，将那些军队财产，诸如锅炉呀、钢管呀、钢轨呀什么的，装上卡车拉运回分区大院里来。

临登车之前，已经任教导队队长的查连长专门到警卫排，递给我两条红雪莲烟，他虽然一句话没说，我也知道这烟是带给王老兵的。到军马场后，我根据此次来军马场的意图，将工作给各班布置停当，就胳膊弯儿里夹着两条红雪莲，往王老兵的办公室走去，想最后一次安慰安慰他，因为全分区里谁都知道，王老兵实在不愿离开部队，不愿离开他的军马场。可是，命令如山，军马场不在了，他这个兵也就没有存在的意义了，这个道理王老兵其实比任何人都清楚，只是他对军马场倾注的感情太多了，可以说是几乎倾注了他的所有，他的全部，甚至透支了他的未来，真的到了割舍的时候，谁都难以做到四两拨千斤，何况是王老兵。我故作轻松地边走边喊着“老同志”，说这一下老同志变成了水，我们成了鱼儿，今后我们的关系成了鱼水关系，还望水儿不要亏待了我们这些鱼儿呀，说着还哼唱起那只“鱼儿离不开水呀，瓜儿离不开秧……”的老歌儿来。

我只顾着贫呢，一脚门里一脚门外地闯进了王老兵的办公室，却没有适应室内的黑暗，更不可能看清楚，在我唐突地进来之前，王老兵独自一人，对着窗户，在房间里泪流满面地无声哭泣。等我把两条红雪莲撂到他显得有点凌乱的床铺上时，他站起身，腾腾腾几步跨出了办公室。我有点惊愕，呆呆地坐在王老兵刚才坐过的床铺沿上，怔怔地朝着窗外看着。就在这时，我再次看见王老兵，只见他牵着那匹瘦得几乎四条腿打架的“赤兔”马，摇摇晃晃地走出院子大门，朝着去年我们收割秋草的草滩上走去。看着骨瘦如柴、后背已经微微弯曲的王老兵，一时间，我百感交集，难以控制的泪水夺眶而出。在我低头抹泪之际，发现一个王老兵放在桌面上的笔记本，显然，他刚才一定还在本子上写着

什么，是我的到来，让他不得不放下手中的钢笔。我打开笔记本的硬皮儿，在本子的首页，发现有一帧精美的骏马图像，乍一看，跟军马场的这匹“赤兔”马一模一样，只是图画上这匹马的双眼是有神的、明亮的、清澈的，而军马场的这匹“赤兔”马，已垂垂老矣，几乎可以说是秋风落叶，已经走到了生命的尽头。在那帧图画的旁边，只见王老兵用自己那不太周正的字体写道：

> “赤兔”，汗血马，又称“天马”，产于我国的新疆伊犁、昭苏等地，一九四九年入伍，多次参加剿匪战斗，立下大功四次……

不知为什么，王老兵写到这里却没有再写下去，后面却是一长串的省略号，显得那么意味深长，又是那么的无可奈何！

等我再次朝那一人一马去的方向看时，王老兵和“赤兔”几乎快要模糊在时空的深处了。

啊，王老兵，我又敬又畏的王老兵！

马　刀

小时候我有个梦想，这个梦想就是当军官，骑大马，挎着盒子枪，威风凛凛地屁股后头跟着无数的队伍，打鬼子、打美蒋反动派及其一切走狗。当然，这样的梦想是我们那个时代所有孩子的梦想，只不过他们都压在心里不说出来而已，而我比他们强的一点，是我大胆地把自己的想法表现出来了。

高中一年级的那年冬天，我一个堂哥结婚，大家都在闹新娘子和洞房，这时候公路边来了一个游乡照相的，挎着个毛了边的旧军用挎包，手里拿着一个比砖块还厚的乌黑发亮的东西，炮筒子一样的泛着绿色光点的镜口下边吊着一个圆盖子。我恰好穿着一件国防绿的军便装，就把从一个当过兵的堂哥手里要来的领章帽徽别上，背着手挺着胸昂着头照了一张很牛皮的“军官照”。为什么说是军官照而不是士兵照呢？因为我的军便装是四个口袋，而部队士兵的上衣只有上面两个口袋，胸口以下空荡荡的什么都没有。要当军官就必须先当兵，什么事情都不能一口吃个胖子，都是从头做起。

第二年底征兵工作一开始我就报了名，没想到却招致父亲的反对，

他说你当兵我不反对，但你现在不能当，你想当兵就必须把高中毕业证给我拿回来再说。那会儿我对上学已经不是反感了，而是极度地恐惧。老师一站到讲台上，就对我们这些学生冷嘲热讽，变着花样地作践大家，那些刻毒的话像一把散发着强烈鱼腥味儿的刮鳞刀子一样把我们的自尊心一片片地揭掉，刮得我们鲜血淋漓、血肉横飞还不肯罢手，似乎那些年把我们从教室里赶到生产队的地里干活儿，不是他们老师而是我们这些屁事不懂的学生，还美其名曰："大搞勤工俭学""向农民学习做公社小社员"，当时还有个歌想必不少人都还记得，歌里唱道：

我是公社小社员呐，
手拿小镰刀哇，
身背小竹篮，
放学以后去劳动，
割草积肥拾麦穗，
越干越喜欢……

不同的是不像歌里唱的放学以后，而是大部分的上课时间都在当"小社员"，现在他们嫌我们没有课程底子了，是基础不牢地动山摇的学渣儿了，知道我们不是进大学的料子了，那当初他们这些当老师的干什么去了！一次，那位下巴长得套个犁铧就可以犁地的地理老师让我从座位上站起来，乜斜着眼撇着嘴说：你牛什么牛，不就是你老子当了个什么鸟厂长吗？这样的尿鳖子官儿在中国多如牛毛！我当时真想跟他干一家伙，反正这个学上也是五八不上四十。但想到不久前刚刚开除的两个同学，其中一个还是我的好友，况且地理课上自己当时在下面的确做了小动作，狗日的话再难听我也忍受着嚼嚼下咽了。不过这件事给我的刺激很大，就是在今天我一想到这位地理老师的话还有他那驴脸下边长长的下巴，就浑身不舒服，毕竟坐在课堂上的是我而不是我父亲，他却连我父亲一并羞辱。所以尽管父亲反对，我还是硬着头皮把所有学习用

具从学校一股脑儿抱了回来，并跑到外面玩了几天，造成了自动退学的既成事实，父亲一看没有办法，也就不再阻拦我当兵了。

那年招兵，说好招的是北京卫戍区的兵，可不巧的是当年我们那里流行霍乱病，也就是人们口口传说的“二号病”，结果就把我们临时做了调换，弄到了大西北的新疆来了。

我倒无所谓，只要不上学，只要当上兵到哪都一样。当军官不是想当就能当上的，这得有个过程，首先得当个好兵，我努力要当个好兵。想骑大马也不是那么容易的，不是骑兵部队想骑上战马的确困难。可凑巧的是，我所在的那个部队的前身就是骑兵团，只不过在我们来到部队的几年前撤编了，现代战争用不着真正的战马了，就连世界最著名的美军骑兵第八师也不是吃草料、拉屎蛋、四只蹄子像弯月的真正战马，而是喝汽油、放黑屁、不怕子弹、不懂疲劳的“钢铁之马”，真正的战马已经退出了战争的舞台，走入了历史。虽然我没机缘见识真正的骑兵，骑不上真正的高头大马，更无缘像彭大将军那样横刀立马，但真正骑兵的影子还留在我们的生活中，这对我也是个些微的安慰。我们的营房原本就是骑兵团的老营房，而且就在我们从新兵连下到老连队的时候，连队的前面还闲置着一排营房。没事的时候我们到那里转悠，还能闻到穿越漫长的时间跨度散发出来的马厩的气味儿，用脚在地面驱一驱，似乎还能看见混迹于尘土里的极其细小的草屑，一有风吹草动就飞升到空中，在阳光里熠熠放光。我一眼就看出，它们跟我家乡生产队饲养场上空飞舞的那些东西来自同一个神秘的相同的身体渠道。

我当兵的第二年，上级准备启用这排旧营房，租给地方一家单位做库房，把清理杂物打扫卫生的任务交给了我们连队。那会儿我是文书，可以不用直接参加班排里的劳动，我的任务是在连部，整天抄抄写写，跑跑腿儿，传传连长、指导员的指令什么的。如果那天早晨我参与旧营房的清理工作，说不定那把遗留在墙角的马刀就归我所有了，最起码我可以亲眼见证它的风采，并依据这把马刀来极大地丰富我对骑兵生活的

想象。

据在场的战友说，发现它的是那个后门兵。当时这把马刀就贴着墙根藏在那层厚厚的由草料、马粪、秸秆、尘土、陈年腐叶、杂色畜毛以及人的毛发等被时间压缩成的毡毯般的地表层与砖地之间，鞣制得无以复加的刀鞘外面的头层牛皮被轻轻一擦就光可鉴人，仍不失当初悬挂在士兵腰际时的麻红色。在场的官兵毫不费力地拔出鞘内的马刀，只听“呛啷啷”一阵蜂鸣般的金属声响，马刀出鞘的同时一股寒光逼得在场的人都闭上了眼，众人无不惊叹地倒退一步。捡到马刀的后门兵家就住在附近，按照条令规定，这把马刀应该上交到连部才是，这样我也可以一睹马刀的历史真容。但遗憾的是他显然并没有这么去做，而是没等到扫除结束，就直接把马刀裹在怀里，如狗撵的野兔般拿回家去了。最令人匪夷所思的是在场竟没有人提出异议，而是目光复杂地保持了沉默。

说心里话，对他的做法我是不满的，你一个战士还是个后门兵，怎么可以擅自把一把军队的马刀据为己有呢？哪怕它是一把被遗留在垃圾堆里被尘封多年的马刀，哪怕它是撤编后犹如无娘孤儿一样受尽冷落的马刀，哪怕它是个无言的不能表达自己意愿的马刀。但马刀就是马刀，它是部队的财产，它身上有着不朽的军魂和血与火的历史记忆，它的位置就应该在军中被后代军人敬仰。被你拿回家算怎么回事儿，被你拿回家就成了你家的私有财产了，从此后它就会变得不伦不类、不尴不尬、不军不民，是一只拔了毛的凤凰，是一只沦落平阳的老虎。但归根结底这还是我的私心在作怪，一想到在场的班长排长们眼看着马刀就要流失于营房之外，连一个屁都不敢放，我就满腹的不满和醋意。因为我总想着如果这个后门兵把马刀交到连部，作为文书，我掌管着连队库房和弹药库的钥匙，我可以有充足的时间和理由与这把马刀对话，甚至可以把这把马刀据为己有，因为我隐隐觉得自己跟这把马刀有一种跨越时空的联系，它命中注定就该归我。

还是在好几年前，那时候我还小，还在上小学三年级，它就出现在

我的梦里了。在梦里，我挥舞着马刀，跟张牙舞爪的恶魔斗，跟大人讲过的变成美女出来祸害人的狐狸精斗，跟把我六爷吓得发疯、最后死于不治之症的那个两眼赛灯笼的妖怪斗，我凭着一腔为族人雪耻、为族人雪恨的血气进行战斗……那晚拼打得很激烈，我也表现得很勇猛，以至我膀胱发胀却无暇撒尿，尿憋得实在受不了了，我万般无奈才脱离战斗。我在四下里找啊找啊，就是找不到一处可以遮蔽挡人的地方，最后再不尿出来就尿到裤裆里了，只好不管三七二十一对着一堵墙呲了起来。我记得非常清楚，热尿呲到墙上被反弹回来，还弄了我一身一腿，尤其是大腿根儿那里被热尿烫得很不舒服。虽然一大泡热尿总算痛快淋漓地排掉了，但不知怎么了，尿净了心里却不净，总觉得哪里有点不对劲儿……

天亮后，跟我打老通的二哥揭发了我，说我又尿床了，半夜里还呜里哇啦地大喊大叫。我被娘揪着耳朵从被窝儿里掂出来，大冷天赤着脚在哇凉哇凉的地上被拧得就地转了几个圈儿，还命我穿好衣服后站在画的“世界地图”前不准吃早饭，什么时候被褥晒干了什么时候再吃饭，再去上学。我歪着头眯缝着眼，挥舞着手指捋去两眼粘在眼睫毛和眼角上的眼屎，抠去鼻孔里黏稠的鼻屎，嘻嘻地痴笑着装傻充愣，一点也不在乎地看着他们捧着早饭碗呼呼噜噜地喝稀饭，二哥一边像我家圈里的猪似的呼呼响地喝稀饭，一边还不忘抽空儿挖苦我，他挖苦我的时候背的是一支儿歌，是专门说那些尿床的孩子的：

尿床精　尿床精
半夜里起来数星星
老天爷你咋还不明
我的屁股沏得一冒红

我就是昂着头不搭理他也能感觉到这家伙在挤眉弄眼地坏笑着。他总是仗着父亲对自己的宠爱，在父母跟前打我的小报告，就连那一次我

把麦芒炮插到狗屎里燃放，炸得路过的人一身屎沫也是他告的刁状，害得我挨了父亲一通好打……类似的事情不计其数，他似乎是我今生今世的克星。托他的福，那天早晨是我第一次看着太阳从我家院墙的缺口处爬升起来，先是露出半截蛋黄红，像个没煮熟的糖稀蛋黄，后来像个离开鸡屁股的蛋颤颤巍巍的，只不过是橘红色的，再后来是大红；起初太阳像个大磨盘，不一会儿像个大圆笸箩，再后来它又像个巴斗子，等它爬上村东头的那棵桐树的树梢上时，则像只我们家的大海碗口了。

那天我上学迟到了，等我瞅空从母亲眼皮子底下逃脱时，第二节课的铃声也已敲响多时了，我跑到教室门口喊了报告，那位教我们算术的老师说：噢，你画的“世界地图”晾干了？我朝他翻了一个白眼儿，心里骂他是狗拿耗子多管闲事。不过看来他在去学校的时候路过我家院子，肯定看见搭在院子里那根晾绳上的被褥和站在被褥下面的我了。班里的同学们也都知道我爱尿床，自然明白“世界地图”是什么，随着老师的话尾就是一阵嘻嘻哈哈的哄笑。还有个坏家伙趁着混乱朝我投过来一粒砂浆子，正好击中我的脑门儿，当即一个枣核大小的肿包儿就起来了，我忍不住疼痛，泪眼麻花地大声冲着教室喊：谁砸的，我——操——你——妈！

扯得有点远了，还是继续说马刀。

说来也是个巧，当年底连队老兵退伍、新兵下连，我从连部下连当了班长，那位把马刀私自拿回家的后门兵当了我的副班长。因为我心里一直惦记着那把马刀，就有意无意地跟他几次提起这档子事儿，当然不是用班长对副班长而是用哥们儿间商量的口吻说。虽然骑兵团是连队的前身，但当兵两年了我还不知道马刀究竟长什么样儿，你是不是把拿回家的马刀再拿回来让哥儿们开开眼，挂在墙上威武几天你再拿回家去。顺便交代的是，我们的部队是地方部队，管理得没有野战连队那么死板，要在野战连队私自在墙上钉两根钉子，再架一把过时的马刀，那简直是不可想象的事情，但在我们连队却并不是什么大不了的事情。一班

长就在搁放洗漱用具的架子上方，用两枚长钉托举着从废旧军械仓库里搜罗来的、一把在战场上缴获的日本鬼子三八大盖上的刺刀，如果在我的床铺上方托举的是一把威风凛凛的骑兵战刀，想一下我就幸福得要死，一下子就会把一班长比到地缝里去。副班长听了我的话低着头不看我，嘴里一个劲儿地说行行行，但他行了好长时间我始终也没见到马刀的影子。

这件事过去大约半年后的一天，是个酷热的夏天的礼拜天的中午，副班长知道自己延宕我见识马刀一事对他有点窝火，就不无献媚地拽着我说出去走走，我说这么热的天到哪里去。他说你不是要看马刀吗，我领你去我家看马刀。我不相信地看着他好一会儿，心想马刀一事儿都过去这么长时间了，本不想去的，但听去过他家的战友说，副班长家不光家境优裕，还有个特别漂亮的妹妹。这丫头挺拔的个头儿，白白的圆脸，高胸脯，翘屁股，细蜂腰，长长的亚麻色头发像瀑布一样垂下来，当中用一个丝织的蛋青色、绣着松柏仙鹤的手帕松松地系着。尤其是这手绢的系法，看上去松松垮垮、似掉非掉，实则是别有用意，慵懒里透着精致，随意里透着用心。尤其是人家那做派，动起来如风吹柔柳，说起话来如莺似燕。虽然被部队纪律条令管束着，但还是能看出他们对副班长妹妹的一见倾心。我是个比较自负的人，自信不是个见了漂亮丫头就挪不动步子的人，便故意做出给副班长一个面子的神情朝着他家里走去。

我们先是沿着营房旁边的那条孔雀河走，河岸弯弯曲曲，怪石突兀，有些屋脊的小鱼在石头间隐现。还有一些沤得烂糟的破布条儿、废弃的塑料布、烂胶鞋等，也被河水冲进石缝里夹着，在水流里忽左忽右地如影随形，也不知在那里待了几个冬天又几个酷暑了。两边的河岸上栽种的是一种奇怪的柳树，当地人叫它弯弯柳，我们一帮子外地兵都叫它“打摆子柳”，因为它看上去就像用手摇晃着成长起来的，从树身到每一根枝条，几乎找不到一寸直溜的地方，那感觉如同我们小时候发疟

疾打摆子。这么一种不成材的树就因为好看而被栽满了一河两岸。我们在岸上逶迤着前行，看水里的白云伴随着我们一起前行，这些洁白的云朵比在天上的云朵离我们近多了，就像是堆在我们眼前的一团团弹得蓬松的棉絮，伸手就够得着。不一会儿我们便走到那座雕刻着几十个小狮子的狮子桥上，每只狮子嘴里都含着一个石头球，摇头晃脑地对着我们撒欢，脖颈上的铃铛似乎也在哐啷啷地响。

上了桥往东一拐，那片盖了许多高高低低厂房的地方就是副班长他们家了。我们踏上了去他家的一条不宽的沥青路，路的两边是稠密的苗圃地，苗圃的外围拉着一圈铁丝网，被人踩得矮下去的地方又堆上了厚厚的杜梨树枝子，这种树的枝上长满了钢针一样长且锋利的刺儿，可以有效地防止人的随便攀爬。防止了人但防不了畜生，尤其是那些低矮的畜生，因为这时候两条屁股对着屁股的小黑狗出现在我们眼前，它们就在一处杜梨枝子的下面，不停地挪动着站立的方向，用警惕的眼光看着高出苗圃许多的公路上的往来车辆和行人，它们的身后就是一个刚好可供它们进退的通道。就在我们快要走过去的那一刻，副班长突然弯腰捡起路边的一块石头，朝着那两条黑狗砸过去。黑狗似乎早有防备，机敏地躲过了石块，但还是"昂昂叽叽"地大叫一声，不知是抗议还是呜咽，一条被另一条强行拽着，从杜梨枝下面的那个洞罅里钻进去逃掉了，铁丝网跟杜梨树枝下面留下几道深深的蹄爪印痕。

我好笑地扭头看一眼副班长，这才发现他衬衣没有扎进裤腰里，军帽也没有戴，一脸对刚才两只狗的愤懑犹存，果然一副地地道道的后门兵德性，就不满地从鼻孔里发出几下笑声说：你他妈还是副班长呢，整天稀稀拉拉地军容不整，没一个熊班长的样子还怎么给战士做表率。说到这里我忽然想起一个关于他的说法，就问他，都说你是个后门兵靠关系才进的部队，是不是真的？从实招来！副班长并不忌讳这事儿，而是坦然地承认了，说我知道你们看不上我这个家门口的后门兵，那我有什么办法，不当兵的话就不能就业，不就业就不能谈恋爱……唉，算了，

城里年轻人的事情你们乡下人哪里理解！

进了副班长的家，他把我领进客厅里的沙发上坐下，走到一间侧房里喊出了一个丫头子，我一见她就知道她是谁了，就在心里骂道，副班长的妹妹还真好看，好看得不超西施也强似潘金莲——原谅我当时的确是这样比对的——我几乎在同时心里起了一个疑问，一母同胞的哥妹，为什么妹妹的头发是亚麻色而哥哥的头发却如马鬃一样又硬又黑？我仅仅想到这里副班长就冲妹妹发话了：你在家先陪班长一会儿，我出去一会儿就回来。说着这家伙就从我眼前消失了。在他走出院子的那一瞬间，我故意高声地一副重任在肩的嗓门喊道：你快一点回来啊，我看一眼马刀就走——连队里事儿多！“又是一个看马刀的！”副班长的妹妹穿着一条碎花连衣裙，她花骨朵一样的小嘴有点像置气的小姑娘一般嘀咕了一句，先是起身给我倒了一杯开水，然后双手顺着臀部往下捋着裙子坐在我对面的木椅子上，也不认真看我，径自打开录音机听了一会儿流行音乐，并随着音乐晃悠了一阵子两条美腿，就回到刚才出来的侧房里去了。她起身时带动一股轻风，把她身上的那股醉人的少女气味儿送进了我的鼻腔，我贪婪地张大着鼻翼连续呼吸了一阵，直到它彻底消散。我坐在那里等啊等，等了足有一个多小时，心里有一种被狗日的后门兵耍弄了的感觉，几次站起来想摔门而去，但一想家里恐怕只有那丫头子一个人，就这么走了是不是太过失礼？就坚持着坐了下去，等副班长终于露面的时候，我一看腕上的手表，妈的，足足两个小时过去了。因为急于要回去，我也忘记了来副班长家的最终目的，一路上气哼哼地不理他，副班长解释说，都是几个同学，考上大学回来过暑假来了，拽着不让走，要是你你怎么办？

第二年我考入了军区步兵排长队，暑假回老家探亲时顺道到老连队看望战友，这才知道副班长已经在前一年年底就退伍了。连里有一个跟副班长素来不错的战士给副班长打电话说我回来了，前副班长就屁颠屁颠地跑了过来，在营区前面一个叫腾达的酒店里订了一桌酒菜，连长、

排长、班长的叫了十几个，直喝到凌晨两点多才罢休。那个给副班长打电话说我回来了的战士无意中说到了后门兵的妹妹，说她已经上班了，在市建筑公司当打字员云云。留下为我们服务的那个服务员早就熬不下去了，嘴里嘟嘟囔囔地翻着咸鱼般的眼珠子，说天快亮了还不结束，困死个人了！我一直把持着没让自己喝多，其间有一次还跑到卫生间捅了咽喉。副班长做东，自己不好不主动一些，自然喝得最多，到了最后只有我亲自送他回家。我打了的，车开到上次他拿石块砸狗的桥头上，他大声嚷着让司机停下来说要我们俩走一段。他踉踉跄跄着从车上下来，却又像不倒翁一样怎么都摔不倒。

就要到副班长家的门口了，我说我该走了，他却拽住我的衣袖要我到他家里再坐坐。我说不了，时间太晚了，你们家人都睡了。他说那好吧，就在这儿吧，我有几句话想跟你说。我说你说吧，我听着呢。他把我的一只手像肉夹馍一般夹在自己的两只手中间，摩挲几下又轻轻地拍几下，如此不停地动作反复，他说班长，对不起，前年我欺骗了你。我说是不是指到你家看马刀那一回。他说就是，我实在是不应该……我说你小子是不是早就知道我喜欢那把马刀？他说知道，光凭人们一提及马刀时你眼中放射出来的绿光我就什么都知道了。我说那你是不是别人来看你就给他看了，等到我来看的时候你却打起哑谜来，却骗我说去看你的同学去了？你误会了班长。那个后门兵我的前副班长说，其实他们哪是来看马刀的，统统都是来看我妹妹的，只有你是真心来看马刀的，但那把马刀注定了你们谁都看不到的。因为从我把马刀一拿进家那会儿起就被我姑父要去了，姑父是个有名的铁匠，他打制的小刀闻名西域，就连外籍游客来到新疆也是以买到我姑父打制的小刀为荣事。他跟你一样一看到马刀眼就绿了，连声说那马刀是精钢的，能打好多小刀，可以卖不少的钱，还当场甩给我 200 块钱，你知道那是一个不菲的价格。关键的问题还不是我愿不愿意卖给他，而是我根本无法阻拦他。我不知道什么原因使他在我们家人面前养成了说一不二的威严，我只知道他当时从

我手中抢一般夺过马刀，二话没说就出门而去了。估计他拿到马刀的当天就把它截成无数块了，你得原谅我因为在马刀的处置上别无选择。我说，我跟你姑父是一样的人吗？我喜欢马刀是喜欢马刀那历经过血与火的铿锵忠骨，而你姑父喜欢的是指望它给他带来的财路！你为什么不早说，是不是存心害我呀，让我眼巴巴地想了这么长时间！我似乎看到自己眼前有无数火星在西域的这个城市的夜空嗖嗖蹿动。

班长，我想说的不是这个问题。这个过去的后门兵、如今的退伍兵显然清醒了许多，因为他的口齿比刚才利索清楚多了，你一走出军校大门，条令就允许你在当地谈对象了，我给你在当地介绍一个怎么样？

不！我突然有些醉意还有些莫名的愤怒，尽管此刻有个丰乳蜂腰肥臀、束着慵懒发型的女子身影在我眼前晃来晃去，令我站在原地不动也有些恍惚，但我还是大声地对退伍兵说，不，除非你带着那把马刀来，否则——我再也不想看见她！

河水流啊流

一

那是一条小河，非常小的一条河，紧贴着我们军分区大院的围墙南沿，一路从东向西，“哗哗”地流过。它来自那条从天山走出，一路滚滚向南，注入罗布泊的河流，像树干上旁逸斜出的一个枝条。小河贴着分区南边的石砌围墙流过，七扭八拐地进入市区，滋润着千家万户的馒头柳、弯弯榆、无花果、葡萄架、波斯菊，最后消失在哪儿，我就不知道了。

小河的两岸除了两溜高耸入云的白杨，还被茂密的甘草和地皮草包裹着，尤其是高大紫红的甘草棵，使劲儿地往河对岸长着，好像要和对岸的甘草来个亲密接触一样。一棵棵白杨树间还夹生着婀娜多姿的垂柳，柔软修长的柳枝一直垂到流淌的水面，被水流拖曳得斜出好远。还有的柳树因为枝叶过于稠密高大，遇上哪年河水水位过高，就干脆将身子一扭，直接趴到小河上面，成了附近小区孩子们攀爬过河的“独木桥”了。不过这个独木桥是活的独木桥，粗大的树身刺猬一样长满枝条，到了夏天的时候，无数的枝条探到水里，好像河水是一头柔顺漂亮的秀发，它就是一把碧玉做成的梳子一般。两边的河岸陡峭，河底满是光滑溜圆的大小卵石，水流湍急的河水用力冲刷着河岸，而泥土的河岸却陡峭结实，从未发生过塌方。因为岸上多姿多彩的植被根系极其稠密，那些从潮湿的河边探出的根须一抓一大把，将泥土牢牢地固定在河两边，河水清澈洁净，根须也随着河水的起伏荡漾。

我跟同年兵们列着队，听着还显得陌生的军号声进到分区大门的时候是一个冬天，根本不知道世界上存在着这条河。当时是初冬天气，营区里高大的白杨树不可一世地直指蓝天，一些没有被寒风刮落的金黄色树叶在半空中旗帜一样地"哗哗"作响。说心里话，离开家乡好多天以来，我没有像别的新兵一样哭得一塌糊涂，我一直在心里默默背诵着验兵前刚看过的《毛泽东传记》里的那句"埋骨何须桑梓地"的诗句，相信在这个世界上总有属于我的那一块儿落脚之地。我们很快就在新兵连里分了班，进入了紧张而严格的训练。说实话，作为一个年轻小伙子，我根本不在乎这些，如果不是水土不服，那几乎可以算得上是我非常喜欢的一种生活了。

水土不服给我造成的苦恼是无穷无尽的麻烦。那些日子里，肚子不知怎么了，无论吃没吃东西都鼓胀得难受，似乎只有蹲厕所才是唯一解除这种不适的办法。可是，这种提醒总是没完没了，而急急忙忙请假跑到厕所真正蹲下去之后，肚子里又没有什么东西往外出。那会儿在新兵连纪律非常严格，似乎每一分钟要干什么都规定得死死的，而课间时间留给我们解决肚子问题的只有短短的五分钟。整个新兵连里水土不服的人又不是我一个，所以每到这个时候，我们都争抢着往厕所跑，还没解决利索时又得提起裤子站起来。一边跑一边收拾裤腰带回到教导队，弄不好会被新兵班长呵斥住，站在一边示众。好在这样的尴尬在我们不知不觉中就过去了，至于什么时候过去的，是新兵连还是下到老连队以后，现在还真记不起来了。

下到老连队，感觉属于我们的时间一下子富余了许多，虽然也训练，也上课，但不会一天到晚被强迫性地坐在一把小马扎上，动辄请假，报告。而且训练和上课的时间短了许多，和新兵连比起来，活动与休息的时间大大增加。此外，连队有一项执勤的任务，是我最喜欢的，那就是到分区俱乐部的门口维持秩序，检查入场人员的入场券。

我就是在俱乐部门口执勤时认识她的，说不清是她那双毛茸茸的大眼睛，还是她那冲我含羞又大胆的一笑之后，总之，从见到她的第一面起，我的心里就藏下了一个只属于我自已的天大的秘密。为了见到她，我迫切地盼望俱乐部的活动多点再多点，最好我每次都站在俱乐部门口执勤，这样我就可以多见到她几次了。

心里虽然这么想，嘴上我却不敢这样说，我知道自己不过是一个刚刚从农村来到军营的小战士，而她呢，是一位参加过抗日战争的、军分区某个部门的领导的女儿，这时候她也已经是一名地方政府里的干部了，二者的差距是无法丈量的。我当然知道这一切，可知道又有什么用呢，我就是管不住自己，总想寻找一切机会看见她，哪怕每次在见到她的时候我总要面红耳赤，心跳得几乎要从口里蹦出来，但那种巨大的幸福感，许多年后回味起来依然令我不能自已。

时间似流水，一天接一天地过去，消失，眨眼间我当兵已经到了第二年的夏天。也就是说，处处被冠以“新兵蛋子”的称谓已经从我们身上转到了新一批新兵的身上，我这个当兵还不足两年的“老兵”，也变成了手下有七八名士兵的班长。

一天晚上，俱乐部放映一部国外大片，而那天俱乐部门口执勤恰好轮到我们班，指定在俱乐部门口执勤的两个小家伙儿一脸的失落神色，我趁机叫其中的一个把袖章褪掉给我，由我代替他执勤。小家伙高兴得一跳老高，喊声“班长万岁”，屁颠儿屁颠儿地窜进去了。我心里因为很快就要见到她了，其实比任何人都高兴，但我一脸的肃穆，尽量拿出一名“老兵”的持重和班长的威严来。

放映前半小时，俱乐部的喇叭里播放着一首首军歌，似乎是被这些熟悉的军歌所召唤，一辆辆卡车载着连队的官兵，有序地进入俱乐部门前的开阔场地上，队列随着喇叭里军歌那明快的节奏鱼贯而入。不一会儿，俱乐部里很快就激荡起连队间的拉歌赛，声音像大海的潮汐，一波接一波，一波比一波震撼。

临近电影开放十分钟左右，分区大院儿里的机关干部，家属跟孩子们也陆陆续续来到我们面前，出示电影票后放行。奇怪的是，那天我睁大眼睛看过每一个入场的人，就是不见她的踪影，俱乐部四周的路灯下，就连周边依依低垂的柳树荫里，我都认真地搜寻了一遍，依然不见她的身影。

我既纳闷又失望，一股从心底升起的失落使我犹如进入到寒冷的冬天。

就在离正式放映不到一分钟的时间，我们要关闭俱乐部大门的时候，两个人影突然出现在我的面前，一个是分区动员科长，另一个就是我几乎望穿双眼的她，两个人边走边聊着什么。那天晚上她穿了一条黄底儿配着蓝色圆点儿的连衣裙，一头秀发被扎成马尾巴状，发根儿似乎是很随意地用条明黄色绢带系着，真的是“月上柳梢头，人约黄昏后”啊。此刻的她，两条纤纤玉臂一条垂着，另一条在背后弓成九十度的角，轻轻地搭在垂着的那条胳膊弯儿处，不紧不慢地款款而行。因为远，也因为灯光的迷蒙，我觉得渐渐走近的分明就是一位下凡的天仙啊！

等动员科长走近，我“啪”的一个敬礼。

我看就这个小伙子吧。她着意地冲着我看了一眼，反正活儿也不多，一个班足够了。

动员科长似乎同意了她的意见，扭脸问我说，你们连长呢？我告诉他连长在俱乐部里面看电影，科长点点头，跟她一块儿进去了。第二天早饭过后，连长在队列前面安排完工作，专门抽调一个班到家属院，帮

某个领导搬家，不用说，这个班就是我们班了。

我当兵两年来出过不少的公差勤务，这次是我最愉悦的一次了。我带着弟兄们列着队，唱着歌，雄赳赳地出发了。

二

分区新盖了一栋家属楼，分给了参加革命较早的一部分老革命，因为资历老，她家是第一个搬迁的。

连队距离家属院也就500米左右，没走几分钟就到了，在一个交叉路口，她早早就站在那里等着我们了，我们一出现，她就对我们招手，并把我们领到她老家属院的家里。

这是一个很普通的家，家中除了她和她的父母，就是一些公家配发的木制的家具和几组沙发。我和弟兄们搬家又不是头一次，深感最头疼的是厨房里的一应用物，碗盘筷子一大堆，弄不好“啪”地摔坏一个，主家跟我们脸上都不好看。好在我们进去的时候，主人早就把要搬的东西打包进箱，我们只需小心地把箱子轻轻放在停在她家院子大门口的汽车上就行了。

她家住在一个20世纪50年代修建的俄式建筑里，木质地板，我们走在上面进进出出，地板发出“咯吱咯吱”的响声，我们走到哪儿，响声就跟到哪儿。有个年龄小的弟兄觉得很好玩儿，就故意在走动的时候脚下使劲儿，以致他脚下就跟踩了一只老鼠似的吱吱哇哇的，弄得大家好笑。我们最后进入的房间是她的闺房，那可是我最想进又怕进的一个地方。想进，是因为我心中那个巨大的秘密促使我对有关她的一切具有强烈的好奇心，想了解所有跟她有关的东西；怕进，则因为我怕自己会脸红，会手足失措，被她一双睿智的目光看出了那个秘密。最后，她对我招招手，意思是要我一个人进她的房间。我受宠若惊又心怀惊喜地跟她进了房间，出现在我眼前的是一个我多么陌生而又新奇的世界啊，干净温馨且不说，单就房间里那股令人欲醉的气味儿就让我陶醉。靠着

后墙窗户的是一张印着编号的橘黄色办公桌和一把跟桌子紧靠在一起的橘黄色椅子，桌子上是一排书籍，被一边一个书夹立着，像一队训练有素的士兵。靠右边墙是她的床铺，此刻床铺上搁的是一个大大的包袱，很显然里面是她休息时的被褥枕头等；靠左边墙的是她的书柜，是那种上边摆书，下边可以看书写字类型的用具。我用眼扫了一下，书架上除了一些文学之类的杂志，还有四大名著，唐宋明清以来的诗词歌赋，以及国外的文学书籍，有夏目漱石的《心》、卢梭的《忏悔录》、小仲马的《茶花女》等。看起来她非常珍爱自己的这些书籍，虽然从旧居到新家只有区区的几步路远，她还是将那些书籍一本一本地取过来，轻轻地拍一下尘土，再用事先准备好的绳子把它们捆扎好，等着弟兄们装车。在帮助她整理东西的时候，我的手好几次跟她的手碰在一起，每当她看到我如同触电般立即移开的时候，笑着说我真好玩儿，想不到一个看上去英英武武的军人还这么害羞。她这么一夸奖我就更不知说什么了，身上的汗不停地往外冒，她递给我自己的毛巾让我擦汗，我说不用，赶紧用自己的袖子将就着擦了一把，继续忙活着。

别看这么一个简单的三口之家，距离也非常近，可等我们把一切都搬完，在主人的指挥下，将家具摆布好，再将所有的东西用湿毛巾擦了一遍，整整一上午的时间过去了。弟兄们忙乎了大半天，个个一身尘土，汗水浸湿了衣服，不巧的是，分区澡堂趁夏季利用率低而正在检修。

我知道一条小河，水很清澈，可以洗澡，一个弟兄说，我带大家去！

远不远？我问这个弟兄。

不远，就在分区南边围墙下，那里有一个窄门，一次我到服务社买牙膏，看见过有人从那里出入。

水流急不急？我又问。作为班长我当然要为弟兄们负责。

不怎么急。这次是她在回答，不知什么时候她又出现了，还往地上

放下一兜矿泉水，从服务社到家属院有一段路要走的，此刻她的衣服都让汗水浸湿了，我有点惴惴不安，却又不知说什么好。我经常到那里去游泳，她说，等一下我换身泳装，咱们一起去游泳。

她这一说，我就更不自在了，浑身扎满了刺儿一样。我从小就是个特别害羞的人，父母从小就教育我要懂规矩，有眼色，不该去的地方不去，不该看的东西不看，更不能跟女孩子厮缠在一起。何况她是我一见倾心的女子，我打心眼里不愿意她在我的弟兄们面前只穿着三点式出现，似乎她是我的什么人一样。当然，我也不愿意在她的面前裸露自己的躯体。不知为什么，我一直有一个怪怪的心理，总觉得自己的身体没有别人的好看与完美，当然也就害怕给她留下不好的印象，生怕给她留下丁点儿不好的印象。

很快，她就身着一套宽松的套装出来了，而里面的泳装则隐隐可见。她弯腰把矿泉水一瓶一瓶地投到大家的手里，“嘿嘿”一笑，就头前带路一样地走了。

班里有两个城市兵，对那种男女混在一起游泳的场面经历得多了，并不觉得有什么不妥，所以就痛痛快快地跟在她的身后去了。几个从农村入伍的弟兄为难起来，面露难色地看着我说，班长，你看这、这、这……

我知道他们顾虑什么，说，就穿着大裤衩下，上来再套上衣服，就这么的！

到了河边，除了那两个城市兵跟在她后边“扑通、扑通”地跳进了河水里，几个有顾虑的弟兄还是踌躇不决，裤子褪到脚脖子处再也不动了。我一怒之下，一个一个地把他们推下河去，在水里“扑扑腾腾”地挣扎几下后，才一个个儿顺顺当当地游了起来。

我跟在大家的后头，尤其是跟她始终保持着一定的距离，她游了一会儿，在水里扭头看了一下，干脆抓住岸边的树根停下来，专等我到了跟前的时候，才撒了手。

怎么样，舒服吧？她问我说。

我不敢看她，低声回答了一句还行吧，就一头扎进水里，想甩脱掉她，等我憋完一口气露出水面，发现她还在我的身边，还用手掌推水来击我。我非常狼狈地用手左右来回阻挡她的攻击，再次缩进水里，抱着河底的一块石头停在了水底，水流从我的四周有力地流过，多亏我抱住的石头足够大，才没有被激流冲走，我坚持了好一会儿，等我钻出水面时再看，她果然被我骗了，已经游到十几米远的前面去了。

三

当年冬天，我们班住进分区新修建的执勤室，专门供一个班的人员执行哨兵勤务。为了树立执勤哨兵的良好形象，分区取消了战士使用配发长武器执勤的规定，为哨兵配发了五四式手枪。挎着手枪执勤，不单单是哨兵身上的负荷减轻了，更重要的是，一身象征勃勃生机的绿军装，衬着崭新的短武器的年轻战士，显得英姿勃发，威风凛凛。战士们争相上岗，上岗前，弟兄们对着军容风纪镜，一遍遍地正军帽，拽军装，掸裤脚，系鞋带，对往来的人员彬彬有礼。检查证件也仔细认真，一个个举手敬礼干净利索，发出“唰唰”的响声，成了分区的一道风景线，引来了经过分区大门前那条国道线的行人们的一道道目光。

我呢，因为心底的那个秘密，自然更加注重自己的仪表。因为她骑着一辆26型曲杠自行车，挺胸昂首，后脑勺的马尾巴一颤一颤的，每天四次上下班都是从大门口经过，这样我跟她碰面的机会就比较多，天长日久也搞得我身心疲惫。她自然不知道这些，因为无论谁执勤，她都是这个样子，非常有礼貌，每次在离哨位还有十几米远的时候，右腿就已经离开脚踏，迈过车身滑行着，准备下车了。她姣好的容颜，优美的身姿，礼貌的言行，赢得了弟兄们的赞誉，弟兄们也都愿意看着她优雅地从自己面前经过，这样无形中就给我造成了一个避开跟她见面的契机。每到她上班或下班的时候，我只要一提出跟某个弟兄换岗，他们就

会乐得屁颠儿屁颠儿的。

那时候我已经痴迷上了文学创作，并且有些作品在驻地城市办的杂志和报纸上开始崭露头角，有些还上了省级刊物。就连连部要我参加分区为当年军校考试举办的补习班都没有兴趣，于是，连长严肃地对我说，写作固然重要，但生活更加重要。生活生活，你只有生命了才能活下去，而考军校后你就成了军官，就有了工资，有了可靠的生活来源，你才可以有资本写你的狗屁小说和狗屁散文。要不然，你面临的就是复员，就是回老家种地，就是面朝黄土背朝天。那个时候，你还有狗屁的精力写小说散文，一天到晚老婆喊、孩子哭地缠着你，我看你还能弄成个啥景出来。嗯，老子的话你听明白了吗？连长也是从农村出来的，农村兵的酸甜苦辣咸他是最有感受的，也最有发言权，别人的话我可以不听，但连长的话我是一定要听的，我不能辜负了连长对我的一片苦心。为什么这样说呢？我觉得在这个世界上，除了我的父母，连长是最关心我的一个人了。抛开工作方面，就连生活方面也是同样，很多时候他根本不像一个连长，而是一个比我大好多的兄长。到底这是为了什么，我只能归结于我和连长的一个无法用言语说出来的缘分了。在一次班长的选拔赛上，所有的比赛都结束了，我和一位城市兵的成绩不分伯仲，而接下来的夜间射击将决定我俩的去与留。连长是知道我的夜间射击成绩的，根本不能和对方比较，因为我在夜间射击的时候，一看见远处那个微小的光斑就眼花，就丧失所有目标。为此，连长在我射击的时候，以公事公办的口吻要我沉着射击，不要慌张。同时，他推亮手电，在我枪面上缺口与准星之间照了一下，那一瞬间我捕捉到了射击的契机，果断地扣了扳机。结果，我的射击成绩反而超出对手一环，自然而然地当上了班长，能在当兵第二年成为班长，这在连队历史上是不多见的，而我就是这特殊几个当中的一个。我不知道连长的那一照是否刻意为之，但正是他这一照，再次让我成为一个幸运儿，也就有了资格参加军校的考试。

一天，我参加完文化课补习班回来，班里一个弟兄送给我一个大号的牛皮纸信封，在给我这个东西的时候，这个弟兄的脸上还夹杂着一种让人揣摩不透的笑意。我白了他一眼，一把抢过牛皮纸信封，发现里面有一本杂志和一本小仲马的《茶花女》。这本书看着眼熟，却无论如何也想不起在哪里见过，再打开那本杂志，发现是一本当月出版的省级刊物《雪山文学》，里面有我写的一个短篇小说。我再三询问这是谁送来的，他就是跟我打哑谜，让我猜、猜、猜！我实在想不起来这个人是谁，就装作把这事儿放下的样子，去干别的事情，然后趁那弟兄不注意，我上前扭住他的胳膊，把他按趴在床上，他实在受不了了，才说出送我东西的是谁。

原来竟是她！难怪我觉得那本《茶花女》在哪儿见过呢。

我的心里顿时一阵狂热，整个人仿佛变成了一座火山，几乎到了就要喷发的时候，是连长那次入情入理的教育及时出现在我眼前，才使我逐渐平息下来。是呀，眼下是关键的时候，无论如何我都要考上军校，不能为任何事情分心！

这天深夜，在连队小学习室内，复习功课弄得我头晕眼花，大脑跟一只皮球似的鼓胀鼓胀，加上蚊子不停地“嗡嗡”叫着袭扰，搞得我不胜其烦。我想起了那条小河，决定到河里去洗个澡再回来复习也不迟，就站起身离开了。

因为天热，小河里游泳的人还真不少，有的人选择一个地方下水后，顺着水流游了一段距离后，爬上岸返回头再接着游。因为天色已晚，我的顾忌少了些，褪下裤子和上衣就跳到水里，由于过于急躁，还差点砸到一个人的身上。我刚说声对不起，对方一下子认出了我，沿袭着军营里对年轻士兵的称呼，在我的姓前加一个小字，说我给你的书看到了吧。我说看到了，谢谢你啊。她说，你这么有才，写的小说都上了省级刊物了，我也喜欢小说，非常崇拜你，正准备好好向你请教呢！我连忙说，哪里，最近忙着补习功课，还没来得及看你送的书哩。她说，

是的，先考军校要紧，等你考过之后我再专门去向你请教，到时候你可别对我保守啊。

说着说着，我们都到了该回返的地方了，就一齐往岸边靠，她利利索索得就像一条美人鱼，一下就攀上了岸，而我连翘了几次脚都被滑了下去。她“咯儿咯儿”一笑，伸手把我拽了上来，我有点紧张，加上脚下一滑，差点没跟她撞个满怀，虽然没有撞上，我还是连连说了好几个“对不起”，她笑得弯着腰，率先沿着河岸跑掉了。

四

两个月后，我接到了军区步兵排长队的入学通知书，临行前，我怀着忐忑的心情摁响了她家那幢楼的门铃，前去还她的那本《茶花女》。那是个深秋的晚上，四周静谧，凉风习习，她的父母都在家看电视，宽敞干净的客厅里，除了电视的声音，四下里寂静无声。见到她的父亲，我敬了个军礼，主人摆摆手说进了家门就是客，不必客气，她则应声从自己的房间里出来，并让我跟她来到自己的房间。她是个多么聪慧的女子呀，一看我是来还书的，就知道我考上了军校。她把书重新推到我的面前说，我也没什么礼物好祝贺你的，这本书就算是对你考上军校的一份祝福吧。

我打量了她的这间卧室，发现书柜里的文学书籍比一年前我帮她们家搬家时增加了不少，其中就有《猎人笔记》《包法利夫人》《雪国》及《洛丽塔》等，称得上琳琅满目。见我对她的藏书入了迷，她又一次在我面前“咯咯咯”地笑了起来，说一看就知道你是个大书虫。还说，反正你军校毕业还会回到咱们分区的，到时候，我的书你随便借着看。说完这句话，连她自己都感觉出了一点什么，脸就率先红了，一看她脸上出现的潮红，我本就不安的心更加紧张，连忙推说班里还有事情安排，逃也似的从她家里出来了。在来到楼前的空旷场地上，我才站住，让自己长长地舒缓了一口气。

部队讲究军人要站好最后一班岗，我是个哨兵，站好最后一班哨是本质本分，理所当然的，没有什么可说的。反正军人的行李极其简单，一个薄薄的叠成豆腐块的军用被子，背包带三横两竖地捆扎得结结实实；一个军用挎包，里边装着我的洗漱用具；另外就是一个手提包，装着我心爱的几本文学名著，笔记本及被杂志刊用过的剪贴本。连队文书早就替我买好了前去军区所在城市的班车票，等我一下哨，用不了几分钟就可以走到相距不远的汽车站。一想到自己经过两年的军校生涯，将成为一个穿四个口袋的军官了，我的心里激动地“嘣嘣”乱跳。同时，我也为自己将要离开分区两年而感到一丝隐隐的不舍，因为这里毕竟有我可以随时看到的她啊！

我站的是黎明前的一班哨，也是人最恋床的睡眠黄金时刻，在我心情复杂的过程中，不知不觉间，一缕朝霞从东山顶上直射天空。大门前面的那条国道开始晨练的人逐渐多了起来，围墙里边连队菜地里的红彤彤的西红柿也隐隐闪现，一个鸟窝儿突然出现在我前面不远处的那棵白杨树上。在这里站这么长时间的哨了，怎么这么久都没有发现它呢？我不觉有点纳闷，也许是看我特别注意到了它这个隐秘的家，里边的主人有点惊慌，一只花翅的鸟儿“得儿——”的一声飞出鸟窝儿，消失在城市上空浓密的树林里了。

正觉得好笑呢，突然，如同被电击了一般，我的心脏剧烈地一震，我瞥见一个身影。这个人穿着一身运动服装，马尾巴在身后一左一右地来回晃动着，正一步一步地朝着我所在的哨位接近。到了近前，她问了我一声早上好，我忙不迭地给她敬了一个礼，她大大方方地接受了，并从口袋里掏出一个纸片交给我，说这是她单位的通信地址，要我到军校后一定要给她写信，还周吴郑王地拿出一副庄重神色说，不要忘掉了啊，这可是命令！我机敏地四下巡视了一遍，见没有别的人，连忙接过她的纸片塞进了口袋，还对着她期盼的目光点了点头。她满意地一扭身子，又“嚓嚓嚓”地小跑着，顺原路返回大院里去了。

等我完全适应了紧张的军校生活后，终于鼓足劲头给她写出了第一封信，寄到了她的单位，说是信，其实是一张明信片，上面写些什么感谢她对自己业余写作的支持，谢谢她送自己文学书籍等一些不咸不淡的话，基本上算是一种投石问路吧。她呢，很快就回了一封信，信里也没有说什么别的话，只是要我在军校的时候千万别忽略了文学创作什么的，用的也是那种不远不近的语气。这样的信件通了几封后，就到了我上军校后的第一个暑期，便意气风发地踏上了探望父母的归家之路。这可是我进入部队后的第一次探亲呀，在家的那一个月里，我走亲串友，约会同学，甚至还看望了一些复员较早的同年兵。就这样，一个月的时间紧紧张张地就过去了，我不仅文学方面的字一个都没有写，并且连一个长途电话都没有给她打回去。直到暑期结束返回军校，才像模像样地给她写了一封信，信里介绍了自己在家乡的所有情况，至于其他的话，则连一个字都没有说。

情感的大门最后被打开，是我在军校的第二年的春天。她到省会参加一个业务培训班，利用星期天的时间来军校看望我，我请了假，陪她到市区的植物园游玩儿。在植物园一个背静的地方，我们俩似乎是心有灵犀一般，四只眼潮潮地对视了一下后，忽然就紧紧地拥抱在一起。从此以后，我们的来往信件里开始有了关于未来、家庭和事业的话题。

如果不是在第二年的暑期军校组织学员到革命老区参观见学，接受传统的教育，而是一结束学业就回分区，像我们通信里预想的那样，在我重新工作之前，由她陪同着，我们一起爬山顶，游大草原，看璀璨的野花儿，到那个有名的湖上驾驶游艇，再一块儿到图书馆阅读，写作，等等，也就不会有后来所发生的那一切了。

五

据后来我断断续续了解的情况来看，基本情况是这样的：那个几年来一直暗恋她的家伙，在多次通过写信表白，当面倾诉，甚至上门讨好

她的父母都被拒绝之后，在绝望之后才对她下了黑手。

那正是我和队友们即将毕业的时候，我已经悄悄地将东西收拾停当，做好了准备返回分区的准备，只等那纸分配任命书一到，就打道回府，开始自己的军官生涯。这期间我还收到她的一封信，她在信中说，只等我一回到分区，就对她的父母公开我们的关系。

我正巴不得呢，当即回了一封信，偌大的一张信笺上只有两个字：可以！

谁知，接到任命后又集体去外地，等 20 天后我风尘仆仆地从革命老区回到分区，得到的竟是她离世的消息。我不信，觉得这是有人在跟我开国际玩笑，要知道，不久前她还在给我写信的呀！可我走遍分区的角角落落，就是不见她的身影，况且，她在信上说过了的，在我下车的地方接我的！可在下车那天，我站在原地左顾右盼了好久，都始终没有见她露面。

听人们对我讲，也是那个家伙后来的供述，那是入暑以来最炎热的一个星期天。傍晚时分，许多人来到小河里洗澡，对她的行踪非常了解的家伙也早早来到河边，等了不大一会儿，就果然见她跟分区几个女子说说笑笑地过来了。于是他就躲藏了起来，等到她下到河里游起来后，他也悄悄下河尾随着她，要知道那会儿在河里游泳的人非常多，对于他的出现没有一个人在意。看到机会成熟了，他突然出现在她的身旁，起先要对她图谋不轨，她怒骂了他一通，结果他恼羞成怒，一不做二不休，将她久久地，久久地摁在了水里，直到她不再挣扎，随后把她顺手丢弃，让河水把她带到了远处……

一个月光习习的晚上，我来到分区前面的那个窄门外，河里的水流跟往常一样湍急，鱼鳞般的水浪撞击着，发出阵阵低语，谁能想到，就是月光下的这条不大的河流，滋润着她的花样年华，到最后又带去了她花朵一样璀璨的生命。想着从见她第一面的那天起，我对她的那份苦苦眷恋，对她的那份纯真的感情，如今一切都化为了乌有，我就像被掏空

了五脏六腑一样，无所依托地瘫倒在地上。过了好一会儿，我又双膝跪地，不知是对自己晚到的悔恨，还是对老天不公的怒火，我举起攥得死死的拳头，死命地一拳砸在河岸的草地上。与此同时，一声声悲怆的哭喊声在寂静的夜空突兀地响起：啊……啊……啊……

这闷哑的喊叫声在高大的白杨林间扶摇直上，惊得许多已经夜宿的鸟儿“噗啦啦”飞向远处。

小河似乎在刹那间一个惊悸，随后复又“哗哗”地向前流去，流去……

车尔臣美女

一

托乎提从自己居住在河东的那个地方走出来，走了大概一个多小时，来到巴扎上的一个十字路口，在十字路口的左侧，就是文管所小赵的爱人开的一家玉器店，名叫“祥瑞福”。托乎提在店门外方型瓷砖铺的人行道上徘徊了一会儿，最后还是决定进去看一看。很长时间以来，托乎提一直穿梭在河东居所与巴扎之间的路上，每到巴扎，他都是一家商店一家商店地踅摸。小镇虽然不足万人，但因为离昆仑山不远，玉石生意比较红火，巴扎上可能有上百家玉器店，里面摆着白玉、青玉、墨玉、碧玉、青白玉、糖包玉雕制的各种和田玉商品。托乎提看来看去，发现很少有真正的羊脂玉，不少标着是羊脂玉的玉器，其实都是用白玉山料雕制成器后精心打磨，又在羊油里面浸泡一段时间后拿出来，俨然就成了晃人眼睛的“羊脂玉”器了。真正的羊脂玉是非常稀少难找的，就是有人弄到真正的羊脂玉，他也舍不得加工成其他玉器，那样会毁掉难得的天然石料。不需要任何加工的羊脂玉本身就是很贵重的宝贝，手

指肚大的一块羊脂玉市场上标价就是五位数。托乎提浅笑着摇了摇头，心想，听说现在价格又往上飙升了呢。

不过，“祥瑞福”跟许多玉器店一样，除了摆放各种玉器在玻璃柜台内的货架子上，地面上还放着一堆形状各异的原始玉石，大的有七八十公斤，小的有五六公斤，玉石的棱面上明码标价，托乎提看到那块最大的玉石上写着：青白玉，13 万元。

“祥瑞福”的店面大约只有十几个平方米，收拾得十分干净。冲着巴扎贴墙而放的是一面墙一样大的整个货架，镶着可以左右拉开的玻璃，每个格格儿里面或放着一尊玉兔，或放着一尊“马上加官”。雕玉的工匠还根据玉石的颜色变化，将那白碧两色的玉石加工成白帮绿叶的大白菜，白菜叶上还趴着一只振翅欲飞的蚂蚱。在门口跟货架间是不锈钢和玻璃制成的柜台，里边安着一盏盏的小射灯，是让顾客挑选玉器的时候看石料的成色用的。不过，真正懂得玉石的人能有几个呢。托乎提在心里嘀咕了这么一句，脸上露出一丝嘲讽的笑，不过这笑很快就又像一股风那样飘散了。托乎提的左手好像有点残疾，因为它总也握不紧，感觉托乎提的手里一直攥着一只透明的玻璃杯子似的。小赵的爱人坐在柜台出口那儿，两手交替着在打一件彩色毛线衣，一看就明白是给不大的孩子织的。看见托乎提进来了，小赵爱人忙站起身来说：你好，买玉器吗？你好，托乎提也说。小赵爱人把托乎提上下打量了几眼，然后问他：想买个什么样的？价钱好商量。托乎提说：先看看，看上了再买不迟。小赵的爱人说声随便看，就又坐下低着头开始打毛衣，一边打一边对托乎提说：我的店里都是和田玉，做工也好，品相上你尽管放心，我们都是把石料寄到扬州，请那里的师傅加工好后再寄回来的。哦，托乎提说，看起来的确不错。

似乎是为了印证小赵爱人的话，托乎提的目光定格在柜台里，一件半个拳头大小、用白玉雕成的貔貅上。托乎提听说貔貅只长嘴没有屁股眼儿，光吃不拉，是聚财的瑞兽，巴扎上每个做生意的店铺里都供奉着

貔貅。那些貔貅有的是玉石商人在车间里自己加工而成的，有的则是在外地买回来的，人工合成材料制作的那种。托乎提手里的这只貔貅肥硕圆润，杠尾探脑，做工的确很好，但玉料却不是小赵爱人说的和田玉，它应该属于巴玉，就是巴基斯坦国出产的玉，跟真正的和田玉差了不止一个档次。托乎提要求小赵爱人把射灯打开，他要把那个貔貅再认真仔细地研究一番。小赵爱人把毛线跟打了半拉的毛衣顺手一缠，高跟鞋捣着水泥地面，“橐橐”地走到柜台里边摁了开关，立刻，玻璃柜台里充盈着淡绿色的荧光，好像人睁着眼浸入了清澈的湖水里。托乎提把貔貅托在手里把玩了一会儿，又端端正正地把貔貅放回到原来的地方，装作漫不经心地瞄了一眼货架一角的狼臂石说：哟，你这儿怎么还卖狼臂石呀。

托乎提悄悄地来到这个玉器店不下一次了，目的根本不是为买玉器，都是冲着这块狼臂石而来。在这之前，托乎提寻找这块狼臂石寻找了好久，几乎把小镇上的商店都找了个遍，如果再找不到的话他可就活不下去了。托乎提看到这块狼臂石是在一个中午，当时太阳很大，从空中飘下来的每一粒沙尘都让人感到有种灼热感。托乎提找狼臂石找得腰酸腿疼，两眼发晕，如果不是努力保持着耐力，他恐怕早就一股风一样地飘回自己的居住地了。在一家饭馆，托乎提坐下来喝茶，一边喝一边跟人打听，巴扎上有没有卖狼臂石的商店。有人听了就笑话托乎提说：狼臂石可是难得的稀罕物，又是辟邪的，现在狼是国家保护动物，打狼是犯法的，好不容易弄到手一块儿，谁舍得卖呀，除非这个人脑子进水了。旁边有个从乡下来赶巴扎的老汉，正在吃着刚上来的薄皮包子，听到托乎提的问话，将头扭过来朝着托乎提，正要说话，提溜一下从嘴角流出一股油水，他赶紧用手擦了擦，又用舌头舔了舔手心说：也不见得，我就看见一个商店里有卖的，只是成色不好。托乎提暗自惊喜，马上问道：是哪个商店？快对我讲。老汉待理不理地说，你倒是急得慌，没看见薄皮包子把我的嘴都烫秃噜皮了吗？托乎提就耐着性子在那里

等，他相信老汉说的是真话，那么大岁数的老人是不会说谎的。等到老汉将一盘十个薄皮包子咽下肚，又用粗糙的手纸把嘴角的油渍擦抹干净，托乎提就赶紧起身提着茶壶替他续水。老汉说：那个狼臂石陈旧得狠，一点儿也不好，要是买的话我劝你再到别处看看。说完就把小赵爱人的店址方位对托乎提说了。

那不是卖的。小赵爱人说。

不卖为啥摆在货架上？托乎提说。

没地方放，就随手摆放在那里了。小赵爱人说。

好像很旧的东西，从哪里弄来的？托乎提问。

听孩子他爸说，好像是在清理河东一个被盗古幕时，现场围观的一个牧民捡的，他本来是想扔掉的，但到底没扔，而是交到了小赵的手里。小赵爱人说。

卖不卖？卖的话我要了。托乎提说。

不是啥好东西，你要它干什么。小赵爱人说。

这你别管，你摆在那里不就是卖的吗？托乎提说。

我打电话问问。小赵爱人打开手机摁了一通号码，说：喂，小赵，小赵，有人要买那个旧狼臂石，你卖不卖？然后她又摁掉手机对托乎提说，你等一会，小赵马上就过来。

文管所干部小赵很快骑着一辆老红色本田摩托来到“祥瑞福”门前，他是上班顺路路过这里。小赵停好摩托走进玉器店里，问爱人说谁要买狼臂石。小赵爱人一指托乎提说：喏，就是他。小赵看一眼托乎提，说那只狼臂石不卖，那是文物，要交公的。又说你要它干啥，老透腔的东西了。

我就是想买它，说吧，多少钱能卖给我？托乎提两眼盯着小赵说。

我说过了，这是文物，不卖。小赵把头盔举起来正要往头上套。

咱再商量商量，托乎提说着上前拉住小赵的胳膊，被小赵用力一甩甩脱了，咋说着说着拉扯起来了。小赵说：你咋这样难缠，不知道

“有钱难买人不卖”这句话吗，你这人真是的，我都快忙得拉不开栓了。

你等着，托乎提有点委屈，气喘吁吁地说：你等着，我非要拿回自己的东西不可。

不管用什么法子。托乎提又说。

二

纵然托乎提有点沮丧，但自从在“祥瑞福”看到那个狼臂石后，他心里的一块石头总算落了地。那是我的狼臂石，托乎提说，是我的就不是别人的，我一定会弄到手的，不信你等着。

托乎提又说：我还要等着把它取回来送人呢。

起风了，随着天气变暖，风沙的肆虐越来越频繁，等托乎提走到车尔臣河大桥边的时候，狂风夹杂着沙尘扑面而来。每一粒沙尘都很有劲儿，像子弹一样轻易地就可以把托乎提击穿，很快，托乎提就觉得自己已经变成了一个筛子底儿了。起初，沙尘洞穿身体的时候还能感觉到些微的疼痛，到后来，托乎提就一点感觉也没有了，他心里只想着如何赶快把属于自己的狼臂石弄回来。为了弄回这个狼臂石，就是付出再大的代价也是值得的，哪怕是要他掏出自己的心。想到心，托乎提用手贴了一下自己的胸口，他感到胸口冷冰冰的，感觉不到一丝温度，也许是天还很寒冷的缘故吧，托乎提这样想，说不定现在是倒春寒的时候了。

在过大桥的时候托乎提有点害怕，因为这阵子风更大了，胡杨树搭建的桥体在狂风中有些摇晃，桥下的河水被风卷起来直扑桥面，托乎提担心他还走不到桥中间的时候，就会被大风巨浪卷进浑浊的河水里，带到 1000 公里之外的罗布泊。虽然托乎提居住的地方就在河的对面，可托乎当务之急是赶紧找个避风的地方躲一下，如若真的被河水给带到下游的罗布泊，托乎提再想回到这个地方就难了。何况托乎提的心早就交到一个人的手里了，他怎么舍得离开这个地方呢。

托乎提艰难地从大桥边一步一步往下退，一直退到河岸上的一个废弃的磨面房门口，看见门口停放着一辆摩托车，里头有一对男女青年，两人在黑暗的小屋里搂在一起叽呱有声，完全忘记了外面的世界。托乎提看到眼前的情景就停住了脚步，这个熟悉的场面让托乎提想起了自己很早以前曾经经历的往事，就没再往小黑屋里进一步，他知道凡是这个时候的人最烦的就是有人去打扰。

风似乎还和刚才一样大，但却比刚才更冷了，河水被风吹成水汽，呼呼地往岸上扑，往托乎提的脸上扑，托乎提闻到一阵接一阵呛人的泥腥味儿，鼻子发痒老想打喷嚏。托乎提扭头把四周的白杨树看了一下，因为天气转暖而变得柔软的杨树条在风沙中一会儿哈腰一会儿鞠躬，很多枝条上鼓起的叶泡被风沙搓揉掉后，夹杂在风沙里抽打着托乎提的脸。托乎提用手抹了一下自己的脸，发现手上有淡淡的绿色，还闻到一股青涩的苦味儿。

托乎提在小黑屋外面站了好久，感到浑身上下成了一块薄冰了，再这样站下去，就有可能像一张纸片那样真的被风吹到车尔臣河里去，就毅然钻进了小黑屋。托乎提挤在黑屋一角，双手抱胸，两眼流露出不安和歉意。是那个男的首先发现的托乎提，托乎提那幽灵一样的行踪，那苍白的和鱼目一样的眼神把他吓了一大跳，他拽了女朋友就往外跑，匆忙间连挂在墙上的风衣都没有取走。看着两人的狼狈样，托乎提稍有不安，接下来又无声地笑了笑。对不起，真是太对不起了，托乎提说。

现在，托乎提终于坐了下来，开始四下打量这间不到 10 平方米的小屋。外面刮着黑黄的风，打着刺耳的呼哨，小屋内忽明忽暗，不时地有风沙从某个罅隙里吹进来，细沙呼呼地灌进托乎提的脖颈。托乎提觉得自己以前从来没有进过这间小屋，只是近来总去巴扎寻找狼臂石的时候才偶尔发现。托乎提家以前吃面也是在这样一个大小的小屋里磨的，不过那间小屋也同样建在河的东岸，一个巨大的水轮探进激流的水里，利用水的冲力推动石磨，将金灿灿的苞谷和小麦加工成面粉。

那一年的春天，好像就是这样的一个季节，托乎提的哥哥套到一只苍狼，得到了两个上好的狼髀石。当时托乎提正跟父亲在河岸磨面，哥哥把其中一只交到托乎提手里，用力拍着托乎提的后背说：一个弄不到狼髀石的小伙儿是得不到丫头子心的，记住，哪天要亲手把它交给你喜欢的丫头子。此刻，河东绿洲上最大富户的儿子正办喜事，准备乘坐那艘用巨大的胡杨木掏空而制成的独木舟过河定亲。那富户的儿子看中的姑娘是河西岸另一个富裕人家的女儿，女方所有的条件都达到了，唯一的不足就是缺少牧民最看重的定情物狼髀石。当得知托乎提的哥哥有狼髀石的时候，河东富户家的儿子就带人过来抢，托乎提的哥哥不给，顺手把那只留在身边的一只狼髀石扔进了滔滔的车尔臣河水里。那富户的儿子恼羞成怒，令手下绑了托乎提的哥哥推进了河里。富户儿子威逼托乎提交出另外那个狼髀石，托乎提抽出磨棍撂翻一个打手后拔腿就跑，混乱中脑门儿上挨了一刀，血流如注。

托乎提后来原本应该把手里的那只狼髀石送过河去的，那样的机会也似乎来到了托乎提的跟前，因为那年冬天车尔臣河的河水是历史上最少的一个冬天，河面的结冰也足以让任何人很轻易地来到对岸。但最后托乎提还是没有把它送出去，因为在这个冬天托乎提跟村子里的好多人一样，被一场不明原委的大病撂翻在自家的炕上。

它成了托乎提永远的心病。

三

托乎提第二天再次来到“祥瑞福”，这一次托乎提是抱着志在必得的决心而来的。天气已经比昨天好多了，天空的浑浊度减轻了好多，天气依然很冷，沙尘的下降让所有暴露在天空下边的东西显得陈旧和颓废。托乎提的脸色比天空还要阴沉，还要昏暗，走路的姿势有点像木偶。“祥瑞福”的店门刚刚打开，小赵的爱人正在打扫卫生，托乎提把手插在裤子口袋里，站在商店的墙角处看着小赵的爱人忙乎。

你怎么又来了？小赵爱人说。

我要买狼臂石，它是我的。拖托乎提说。

你这人可真有意思，小赵爱人笑了笑说，一个破狼臂石，在风沙中不知被风吹日晒了几百年了，要是我，扔掉了我都不捡，你倒好，屁颠儿屁颠儿地来回跑好几回，你魔怔了吧你。

要买你也挑那新的买呀，干吗非要一个快要烂糟的呢？小赵爱人又说。

它是我的。托乎提坚持说。

嘁！小赵爱人说。

多少钱能卖，你说个价儿。托乎提说。

不是跟你说了嘛，这是文物，不能卖的。小赵爱人发觉托乎提在急眼儿的时候有点晃眼，出现的幻觉有点像照片的底版一样骇人。小赵爱人弄不清是自己看错了还是有点眼花，就揉了揉眼睛说。

它是我的。托乎提又说。

你的你的，我都听到你说了好几百回它是你的了，那么，你说它是你的，你有什么证据？小赵爱人说。

当然有，托乎提说，狼臂石上刻有一个字，是老文字的“心”字。托乎提肯定地说。

小赵爱人就连忙走到柜台里面，取过狼臂石仔细观看，果然看见上边有一溜儿极像阿拉伯文字一样的东西。小赵爱人弄不清楚那是不是就像托乎提所说的老文字的“心”字，但她还是吃惊不小。小赵爱人用疑惑的目光看着有点羞涩的托乎提。你是不是趁我不注意偷看过它了，小赵爱人说，连我都不知道它的上面有字，你是怎么知道的？

道理很简单，托乎提坚持地说，它就是我的。

笑话，它可是被放羊的牧民在一座被盗窃过的古墓旁边拾到的，然后交到我家小赵手里的。小赵爱人撇着嘴，眼角也有点乜斜起来。

突然，托乎提从裤兜里拿出一个东西来，举到小赵爱人面前恳求地

说，不行的话，我用它来换回狼臂石可以吗？

小赵爱人的眼前一亮，立刻眼睛大放光芒，凭她跟玉石打了这么些年的交道，知道托乎提手里是一块从质地到体形都是难得的上乘和田羊脂玉仔料。她不久前还在乌鲁木齐市参加过世界各国参展的玉石展销会，就眼下市场上的行情，托乎提手里的这块玉价格至少在十几万元以上。小赵爱人立即断定，眼前这个人的脑子不光是进了水了，弄不好昨天回家又遭驴踢了。总而言之一句话，是他的脑子可能不行了，彻底坏掉了，不然他不会为了这么一块破狼臂石而如此地疯狂。从内心讲，小赵爱人早就想把这块狼臂石卖给托乎提了，从昨天就想卖给托乎提了，它在她的眼里就是一块连普通石头都不如的糟骨头，可偏偏小赵说它是一件文物，无论如何也不能卖。现在，小赵爱人看见托乎提用手中的羊脂玉仔料来换，不免有点心动。托乎提见小赵爱人神情犹豫，眼神也有点恍惚，就疾速地把那块羊脂玉仔料往小赵爱人手里一塞，像有人从半空提着他的头发似的飘过柜台，抓过狼臂石攥在手心里，很快消失在门外。

那一瞬间，小赵的爱人不知到底发生了什么，唯一的感觉是托乎提在往自己的手里塞那块羊脂玉的时候，托乎提的手冰凉冰凉，有一种鱼鳞般的冰滑。

四

小赵这几天一直陪着自治区考古队挖掘清理车尔臣河两岸的两片古墓，所以对狼臂石的丢失还不知道呢。否则，他会后悔把狼臂石放在了店里而不是应该存放的文管所里，并为此会狠狠地大骂爱人一通的。

根据挖掘出来的信息判断，河东与河西的两座古墓属于同一个时代的墓葬。经过对部分干尸的现场解剖和医理检测结果，从某一年的冬天开始，一场突如其来的人畜共患的瘟疫席卷了整个绿洲，车尔臣河东岸的牧民跟他们的牛羊几乎全部葬送于那场天灾，没有人能够幸免于难。

那时候，人们还没有办法在车尔臣河湍急的、泥浆般奔涌的河面上修建一座跨河大桥，河两岸的所有交流只有等到冬天到来，河水枯瘦而且封冻的时候才能进行。然而，虽然由于车尔臣河的阻隔，河西的瘟疫来得要比河东迟一些，但由于风沙河流受到污染，河西岸也开始有人和牲畜因为瘟疫死去。迫于瘟疫的巨大传染力，河西岸的牧民在埋葬了最先死去的亲人、焚烧掉病死的牲畜后，立即就进入了大的迁徙活动。

随着墓葬清理的进一步深入，河两岸的两具干尸引起了他们的兴趣。河东的干尸为男性，年龄大约在十八九岁之间，当然，他也是死于那场不可抗拒的瘟灾，关于这点可以从死者腹腔内的遗留物加以解释。由于墓葬在发掘前遭到盗墓者的毁损，干尸被挪动，很多信息已经再难找到。但从遗骸固定的形状上可以判定，死者下葬得非常仓促，以至连覆盖死尸的苇席都没有。然而，令人费解的是，即便如此，干尸的两只手并没有空闲着，他的右手攥的是一种丝织样的物品。因为尽管尸体多日暴露在阳光下后物品快速氧化变为齑粉，但岁月还是在他干枯的皮肤层面留下了一些丝绸状的印痕。死者的左手在干尸被发现的时候倒是没有任何东西，但最让专家们感兴趣的恰恰正是这只空握的手，不知为什么死者临咽气的时候把手握成为一个空心状。这种奇怪的手形让小赵立即想到了牧民交到他手上的那只狼臂石，同时小赵还回忆到了那行雕刻在狼臂石上的奇怪文字。

另一具干尸为一青年女子，出现在河西的一座墓葬里，由于这片墓葬没有遭到人为的破坏，出土的文物就很齐全，也几乎保存完好。专家考证，这具女尸生前身高在一米七零左右，身着橙黄色毛织圆领对襟袷袢，身覆彩色羊毛织毯。该女体形修长，五官端正，虽死去多年仍显现其惊人的秀美，被考古人员誉为“车尔臣美女”。女子死于切腕，属于自杀，这从她那明显外翻的整齐皮肤创伤就可以很轻易地做出结论。

根据专家建议，为尽量避免出土文物的风化及对文物可能造成的丢失，当地部门在墓葬清理完毕的当天，立即组织人员将出土的干尸装进

事先订制好的玻璃棺椁里，连同相关文物一起转移至设备完好的文物管理所里。

小赵回到家的那天是个明月当头的晚上，当他扑倒在床上，准备好好弥补这些天来因加班所欠缺的觉瘾时，爱人的讲述让他顿感事态的严重。作为一名文物工作者，人为的文物丢失就是一种犯罪，何况这只狼臂石丢失得如此蹊跷，他赶紧通过电话跟所长进行了汇报，并请求所长给予处分。

所长电话里并没有说什么，只是安排小赵好好回忆一下托乎提到底住在河东哪个乡哪个村，以便配合有关人员调查。

小赵捂着电话问爱人托乎提是哪儿的人，小赵爱人说托乎提似乎住在河东某个村里，因为托乎提说话的时候多次提到自己是从河东来的。小赵这下放下心来，河东虽说设立一个乡，但没有几个村子，只要托乎提住在这个乡里的某一个地方，找到托乎提应该不是多大个问题。

之后，小赵拿着那块羊脂玉仔料，在灯光下面翻来覆去地对着光线看，小赵透视的结果就像玉石折射的灯光一样，让小赵对眼下所发生的一切愈加地扑朔迷离了。

五

河东的这个乡叫阿拉尔乡，文管所和乡派出所人员几乎走遍了这个不大的绿洲的犄角旮旯，走访调查却始终毫无结果，这令所有人员感到深深地失望和疑惑。

小赵把那块羊脂玉交到文管所长那里，所长又请专家给予鉴定，确认是一种质地极为罕见的和田玉仔料。大家都觉得那个自称托乎提的人的行为的确有些荒诞，像狼臂石那样的文物，就是拿到走私商手里，所卖出的价钱也根本无法同这块羊脂玉的价值相提并论。

难道这个叫托乎提的年轻人脑子真的有什么毛病？

这天一上班，一名工作人员打扫卫生，当他小心地取下干尸棺椁上

的黑篷布的时候，竟然发现，那块离奇丢失的狼臂石赫然挂在那具女尸的胸前!

大家呼啦一下围聚过来，小赵一眼就判断出，这正是那只狼臂石无疑，因为上面的谁都不认识的老文字是最好的佐证啊。

他们还发现，穿过那块狼臂石洞眼的，是用了当地出产并投入市场的一种很有名的酒瓶上的红丝带，酒的名字叫“穆萨莱斯”……

咱当兵的人

一

几个月紧张的新兵连生活一结束，我就被分到机关公务班，和其他几个战友具体负责军分区几位首长办公室和楼道里的卫生，及日常事务的保障。有时候也到首长的家里，干一些力所能及的杂活儿，比如逢年过节帮首长家擦擦玻璃，剪修剪修花草什么的。能够当上公务员，这是所有新兵心里热切期盼的，毕竟离首长近，谁不知道近水楼台先得月的道理呢。不过话说回来，能被管理部门看中的新兵，一般都是比较帅一点的，看上去机灵，眼里有活儿。我在老家的时候，曾经被乡政府选中当通讯员，乡上好几任通讯员，干几年后都成了乡里的团委书记，这几乎成了传统，我也是奔着这个目标才当通讯员的。问题出在入伍前两个月，一天晚上，县里下来一个什么检查组，乡政府在乡里的小食堂招待他们，我则在厨房跟客厅之间穿梭着端菜送汤。记得是送一道汤汤水水比较多的什么菜，走到半路上滚烫的汁液溢了出来，刚出锅的菜汤有多烫啊，我又不能把一盘子菜扔掉，也是急中生智吧，我干脆把嘴对准盘

盏，呼呼噜噜吸了几下，这招真管用，立刻汤汁下去了，不再往外溢了。可是第二天，乡办公室主任就找我谈话，说我试用不合格，叫我哪来哪去，我一想，肯定是昨天晚上的事情被谁看到了，汇报到了办公室。好在我没有气馁几天，就遇上一年一度的征兵工作，顺利地当兵入伍，来到了军分区。

就在新兵下连的前几天，新任的分区司令员也刚刚到任。司令员高高的个儿，人精瘦精瘦的，背也有点驼，尤其是他的脸，酱紫酱紫的，冷不丁一见面，会以为那是司令员在黑着脸，心里就格外紧张。时间长了我发觉，其实司令员很和蔼，对我们这些小战士很少大声说话。有时候他在办公室待的时间长了，要出来走动走动的时候，就到我们公务班，找我们拉呱儿。那样子，根本不像个师一级的领导干部，倒像是我的某个刚从庄稼地里走出来，年纪大点的堂哥。司令员对战士那是一贯地和蔼可亲，但对干部可就是另外一回事儿了。那还是我当公务员不久后的一天，我去司令员家为首长家的花园除草，在走到离大门不远的地方，突然听到司令员大发雷霆的声音，好像在骂一个什么人。司令员在里面吼道：要想提职，必须踏踏实实干好本职工作，如果工作干不好，又要在职务待遇上捞好处，我不知道在别人那里怎么样，但在我这里使用这一套，告诉你——行不通！话音还没落，只听“呼——”的一声响，一件东西从院子里飞出来，越过围墙落到我的脚前，差点砸着我。我吓了一大跳，低头一看，发现是一个简易的提兜儿，几打捆扎得整整齐齐的猩红色纸币露了出来。我正不知道该怎么办的时候，就看见一个人从司令员家的大门里狼狈地走出，他弯腰把那提兜捡起来，嘴里嘟囔一声“死人脸”什么的，就仓皇离开了。

随着在机关当公务员时间的增加，我们才清楚司令员的身体非但不好，甚至可以称得上一个“差”字，他的身上嵌有在自卫反击作战时留下的弹片。那时司令员还是一名副团长，战斗结束后就到某高原军分区任司令员。那个分区在海拔 5000 多米高的世界屋脊上，被人称作世

界第三极的生命禁区，是高原上的高原，有终年不化的死亡雪线。刚开始司令员壮志凌云，跟一名年轻战士一样，戴着防止雪盲的墨镜，胯下一匹白马，胸前挎着望远镜，腰间别着手枪，头顶是蓝天、白云，天边是沉静的碧蓝的湖泊，更远的是驰名天下的神山。司令员决心要像古诗词里写的那样，唱大风过达坂，把防区内的每一个界桩都走到，还要刺刀凿界碑，热血写边关。有一次，在走到第 N 号界碑的时候，司令员突然间一头栽下马来，昏了过去。随从的参谋吓坏了，急忙跟军区联系，调来一架直升机，紧急送司令员到军区总医院抢救。最后，虽然最终司令员醒了过来，但医生给上级的建议是：司令员再也不能回到那个高原分区去了，如果再发生类似的问题，别说派直升机，就是派火箭去，恐怕也挽救不了司令员的生命了。于是，司令员才被调整到我们现在的这个军分区。

告别了高原，离开了终年云遮雾罩的圣山，氧气不缺了，紫外线正常了，可司令员的脸色却再也没有恢复到以前的样子，始终都是黑紫黑紫的。

二

新兵连结束一段时间后，我们这些适应了军营生活环境，来自一个乡的同年兵们，开始利用休息时间互相走动。一开始是机关的兵往连队跑，因为机关兵不像连队管得那么紧，有更多的时间任个人支配，之后连队的兵也往机关跑。我们公务班在办公大楼里，许多同年兵想来又不敢来，我记得最先来公务班看我的，是我们同年兵里唯一的一位女兵，她叫乔小丫，是个特招的女兵。那天乔小丫奉卫生科长之命，到机关办公大楼来给司令员量血压，事情完后就顺便拐到我们班里小坐了一会儿。自从进到新兵连以来，我还是第一次见到乔小丫，因为分区当年就乔小丫这一个女兵，就干脆把她放到附近一个部队医院里。那里有一群整天嘻嘻哈哈的女兵，把她跟那里的女兵编到一块儿接受新兵训练，既

方便了乔小丫，也减轻了教导队的负担。新兵连结束后，乔小丫就被分到了军分区卫生科，当了一名卫生兵。她的工作是给到卫生科就诊的干部、战士、职工及家属，测量血压，点滴扎针什么的。那天出现在我眼前的乔小丫显得很有气质，也变得比以前更加漂亮了，因为这个漂亮里增加了一个新的内容：威严与端庄。

说起来乔小丫能够当兵，还是他哥用命换来的呢。

乔小丫的哥哥是1978年入伍当兵的，在云南某边防部队，自然也是一年后自卫反击作战的排头兵，也就是穿插连。仗打得比较残酷，等部队撤下来休整的时候，一次，乔小丫的哥哥在团指挥所站哨，突然一颗炮弹飞来，在指挥所附近爆炸。根据经验，会有第二颗炮弹飞来的，指挥所的人立马撤离，就在协助别人撤离的时候，另一颗炮弹落了下来。此刻还有一个首长没有离开，为了掩护别人，乔小丫的哥哥被炮弹炸飞了。当地民政部门和人武部的同志将这个噩耗告诉乔家的时候，乔家没有提出别的要求，只有一条，那就是要部队把乔小丫接走，当一名女兵。人武部把乔家的这个要求回报到当地军分区，军分区又报告到省军区，于是，下拨一个专项指标给乔小丫，乔小丫就这样穿上了军装。

看上去瘦瘦弱弱的乔小丫，想不到在关键的时候竟是一个有主见、敢担当的姑娘。一次，是个隆冬，卫生科派出救护车前往军区后勤部进药，因为司药回去探亲去了，别的人员又走不开，只好派乔小丫随车前往。临走前科长反复交代，一定要照着发货单上的数字，跟领到的药品对照好了，千万别出现差错，乔小丫说记住了，保证不会出现错误，圆满完成领导交给的任务。车子行进到离军区还有100多公里的时候，驾驶员和乔小丫都发现前边的公路下侧翻着一辆四轮拖拉机，车斗里的水泥散落得到处都是，司机被压在侧翻的拖拉机下边，连喊叫救命的力气都没有了。

怎么办？司机用征求的目光看了一眼这个比自己小了好多的女兵，他的意思很明显，很多的汽车在路过这里的时候，就像没有看见这一切

一样地飞驰而过，咱们是不是也这样过去算了。不知道乔小丫是否看懂了驾驶员的心理，反正她当时是高喊一声“停下”后，就飞快地跳下车，朝着那拖拉机奔去。她用在卫生科学到的一点把脉的技术，确定司机还活着，就喊来那老兵，两人用劲儿把被压在下面的司机拽出来，放到他们的救护车上，就近来到一家乡镇医院进行紧急抢救，因为得到了及时的救治，司机几乎没有落下什么后遗症。如果不是乔小丫，那么寒冷的天，就是冻，也会把司机冻硬，冻死的。获救的司机出院后，第一时间就来到日报社，把自己的历险经历讲给了记者。第二天，乔小丫的事迹就被所有的人知道了，不仅这件事情本身引起轰动，还在社会上引发了关于道德与人心的大讨论。军区首长也知道了这件事，对乔小丫的事迹给予了通报表彰。当年底，入伍才一年的乔小丫就荣立了三等功一次。

三

那会儿，我们这些“新兵蛋子”爱往一块儿凑着吹牛，而最爱吹的就是家乡的事情。这事儿也真是奇了怪了，那些搁在我们老家压根就不值得一谈的话题，却被我们这些年纪轻轻的小伙子们津津乐道，说得口干舌燥乐此不疲。也就是说，但凡是家乡的事情，我们就喜欢说，喜欢说个天昏地暗。

这天，驾驶班里的同年兵郭辉来我们公务班谝传子（闲扯），说着说着就扯到乔小丫的哥哥牺牲这件事上了。我们不知道司令员在楼道里抽烟，就只管吹自己的，这样，我们的话就被司令员听到了。等司令员进来的时候，把我们慌得够呛，因为部队有规定，正课时间不允许扯闲篇，大家赶忙起身立正，忐忑着说首长好。司令员手心朝下按了按，意思是叫我们不要这样紧张，都坐都坐，自己也找个床铺沿坐下了。

你们刚才说的话我听到了，司令员掏出一根烟，我赶紧拿出液体打火机给他点上。听你们刚才说得挺热闹的话的意思，卫生科那个丫头片

子的哥哥是在自卫反击作战时牺牲的？

对呀，郭辉经常给首长开车，跟司令员也比较熟悉，抢过话来就说开了。司令员低着头抽烟，但可以看出来他听得比任何人都认真，恐怕连一个字都没有漏过。司令员右手夹烟，左手端着烟灰缸，打开的烟盒放在床铺上，抽完一支再接着抽第二支，直到郭辉把话说完，司令员的半包烟抽空了。

去，小子。司令员看了我一眼，到办公室把我的水杯子拿来。说着，司令员又点上一支烟，两道浓黑的眉毛被烟熏得一高一低，还一口连一口地往喉咙里吞咽口水。我给你们讲一个故事吧。大家一听顿时神情轻松起来，赶紧都呱唧呱唧地鼓起掌来。司令员的杯子是保温杯，不锈钢的。我们公务班的班长是个老兵，也有点油滑，他按照自己的经验，私底下给这个杯子起了个名字，说这个杯子是“五球牌”的杯子。有一次，我问班长，你说的五球是哪五球呢？班长伸着左手，右手食指一个个儿把它们扳下去，扳一个说一个：看着牛皮球子的；端着沉球子的；盛水少球子的；喝着烫球子的；买起来贵球子的。我一听差点笑尿了裤子。

自卫反击作战的时候，司令员开始讲了起来，你们知道的，我当副团长的那个团也上去了。在炮火的配合下，我们团一举拿下了被敌军把持的主峰阵地。虽然我们取得了战斗最后的胜利，但我军伤亡也不小，就在轮战的兄弟部队顶上去后，我们撤下来休整。那天我们团党委在指挥所开会，总结在战斗中出现的一些问题，会议刚刚开始不到半个小时，一发炮弹落在指挥所的附近，幸亏没有人员伤亡。我打电话叫来警卫分队，保护大家赶紧转移。五分钟后，又是一发炮弹飞来，这颗炮弹显然经过了修正，因为它离我们的指挥所更近一步。我团参谋长当时正指挥撤离工作，根本来不及躲避，就在炮弹爆炸的瞬间，一个黑影朝着他猛扑上去，将参谋长扑倒在地后，整个人盖在了他的身体上。我身上的弹片也是那一次爆炸留下的“纪念品”。结果你们可以想象得到，参

谋长的生命保住了，可那个扑到参谋长身上的人被炸得血肉模糊，当场就牺牲了。这个牺牲的战士就是在指挥所前站岗的哨兵，他原本被保送部队军校的，马上就要走了，这是他站的最后一班哨。并且以他在战场上的经验，是完全可以躲避开炸弹，保全自己生命的，但在危险到来的时候，他选择的是牺牲自己，安全别人。

四

当兵的第二年，在跟我谈过话之后，得知我对进驾校学驾驶没什么兴趣，组织上就把我下到了分区警卫连任副班长。班长是地地道道的老兵了，还是个干部子弟，比我早入伍足足有四年，之前曾多次参加过军区大比武，为分区夺取多项第一，是分区出了名的军事尖子，军事素养了得，就等着提干的指标一到，填表，穿四个口袋的干部服了。之前，分区年年都把班长的提干报告表呈报军区，又回回被军区以没有名额而泡了汤。

初次见到班长，我就佩服上了他。那是一个非常精干的人，一米七八的个头，走起路来一阵风，说起话来嘎嘣脆，玩起单双杠来，一口气能将成套的训练项目干几个来回，还不带喘气的。在野外训练的时候，基本就没有连长、排长什么事儿，连长、排长都站在一边旁听。从头至尾都是我们班长在组织训练，什么战术动作，前三角后三角，连、排进攻队形，等等。教得有模有样，简直跟军区步校里的专职教员有得一比。除了军装是两个口袋外，班长在全连的战士心里，那可早就是个颇具人气的干部一样了。

按说像班长这样的军事素质，提干应该是板上钉钉的事儿，但人除了要有本事，还得具备一个更重要的条件，那就是机遇，而我们班长偏偏缺少的就是这个机遇。因为那时候部队开始强调干部制度改革，过去从战士中提干的制度已经冻结了，军官一般都要毕业于部队院校。虽然也有个别破格提干的，但已经是极少极少的了，除非对部队有什么特殊

的贡献，否则很难有提干指标。班长的父亲是某个军队医院的政委，儿子如果真的复原回去，安排个什么理想的工作一点问题也没有，而且我们班长也的确做好了复原走人的打算。可是，作为一名老军人，班长的父亲还是希望儿子能够在部队发展。毕竟，他对儿子的潜质有着别人不可比拟的认识，加上他从军区一名领导那里得知，今年将会有少数转干指标，就让我们班长又在连里留了一年。我下连队的时候，正是班长在父亲的说服下再坚持一年的时候。毕竟，班长的年龄已经临界了，这回提不成干，下回再想提都不可能了。

也许班长已经对自己在部队的前程看清楚了，对提干当军官早就不抱任何希望了，他开始考虑自己的个人大事。从我一开始跟班长在一个班起，他就陆陆续续跟附近军队医院的几名护士在接触，那些护士兵都是军官，有的是班长的同学，也有的是班长同样为护士的妹妹介绍的。有不少次，部队熄灯号已经吹过好久了，他就打开一个很小的床头灯，用条毛巾围着灯光，在那里跟姑娘卿卿我我，嘀嘀咕咕。一个班里睡的全都是青春正旺的小伙子，谁能在这样的情景下睡得着呀，但睡不着也得装出睡着的样子来，我们都对班长违反部队纪律的行为持宽容态度，把这种惺惺作态看成是对班长的尊重。

既然是谈恋爱，哪能老在人前现形呢？所以，班长渐渐开始不遵守作息时间了，晚饭不在连队吃了，晚上也回来得很晚，对此我们全班甚至是整个连队，都把它当作一个共同的秘密来保守着。

没有料到的事情发生在一个寻常的晚上，司令员突然光临我们警卫连，而且老人家径直来到我们班。他打着那种自动发电的小手电，一个宿舍一个宿舍地检查，在我们班里，司令员马上发现班长的床铺空着。作为一个老兵，司令员当然知道部队班里床铺的摆放次序，就随口问大家，你们的班长呢，他在哪儿？

大家都愣怔在那里了，纷纷撑起被子，把脑袋昂起来看着我。或许是压根就不忍心骗司令员，但又不想把班长供出来，总之是，两种复杂

的心理同时作怪吧，我一时间竟张口结舌，没有及时回答司令员的询问。那么这样一来，司令员心中什么情况就都清楚了。司令员离开不到两分钟，连里的紧急集合哨就急促地吹响了，很快，大家都跑到连队的篮球场上，齐齐地站在了连长的前面。司令员背着手，低着头，听着连长一个个人名地点，叫到谁，谁回答一声“到”，只有在叫到我们班长的名字时，出现了短暂的停歇，虽然也就是那么一小会儿，气氛却绷得几乎让人窒息。等点完名，连长转过身来向司令员报告点名完毕，应到多少，实到多少，请他指示的时候，他有点光火地说，身为一班之长，兵头将尾，却夜不归宿，还怎样带兵，怎样训练？警卫连出现这样的情况，请连队考虑考虑该如何处理，然后把处理意见报我！

说完迈着大步走了。

五

由于班长父亲的关系，我当兵的第二年底，上级相关干部部门还是给了我们分区一个招干指标。指标虽然没有“戴帽”，没有说明具体给哪一个人，但几乎没有人不知道，它就是冲着我们班长来的。

问题是，虽然所有的人都知道这个指标是给我们班长的，但有一个人却不这样认为，他觉得这个指标究竟给谁还不一定，要看分区党委的，党委认为谁够格，这个指标就给谁，别人说了没用。如果别的人这样认为还没什么太大的问题，但偏偏持有这个看法的人是司令员。这样一来问题就复杂了，也就是说，已经等了好几年，都超期服役的班长，眼看实现的提干希望，一下子又变得虚无缥缈起来。

因为此事事关我们班长，我自然要比别人更加关注这件事情的进展，那几天，每逢到机关出公差勤务，或填报什么报表之类的事情，我都会跑到公务班里，找公务班长打听此事。公务班长悄悄地告诉我说：最近几天司令员的电话特别多，大都是从上面打来的，昨天晚上司令员在接到一个这样的电话后发火了，在电话里跟对方吵了起来。司令员说

你们上级机关理应做我们下面官兵的表率，没想到你们竟是这么个表率法。司令员还说，你们拿人们给予的权力做人情，拉关系走后门，说情之风盛行，这样下去我们的军队还能有战斗力吗，还能打胜仗吗！

对方显然被司令员的话激怒了，说老N（我们班长父亲的姓）为了新中国的解放，扛过枪，跨过江，朝鲜战场负过伤，如今一把年纪快要退居二线了，我们有责任让这样一位老革命、老同志，愉愉快快地从领导岗位上退下来，并帮助他达成这最后的一个期望，这才是我们应该做的，不然，他会深感失望的。

司令员恼怒地开了脏口，说你这都是什么狗屁理论！就因为他早年参加过革命，就该享受特殊对待，就该高人一等，做特殊公民，那我们的党成了什么啦，不就是彻头彻尾的“党天下”“家天下”了吗？你这明明是在利用手中的特权搞不正之风，为个人的关系大开方便之门嘛，竟脸不红心不跳地在这里大谈特谈什么“革命”啦“期望”啦。既然这样，你们为什么还惺惺作态地把指标下到分区，不如干脆直接下命令，任命他为军官就是了，还省得大家脱裤子放屁，更用不着让你们这些上头的老爷们一个个这么劳心费神，左一个电话说情，右一个电话通融的，你们累，我们烦，既虚伪又讨厌！

对方理屈词穷，在电话那头静默了好一会儿，才嘟囔着说，难怪别人背地里都喊你是“死人脸”呢，对你那张黑球呼呼的熊脸，我现在算是终于领教了，我警告你，永远别让我看见你！

听到这句话，司令员“咣叽”一声撂下电话，“腾腾腾”地在办公室走了几个来回，但心里的怒气仍无法排遣，就弓着身冲着电话机说：老子偏不信这个邪，偏要你的面子在老子面前打折扣，颜面扫地！

第二天，分区党委成员开会，研究决定如何使用这个干部指标一事。会议的气氛可想而知，因为不光司令员接到了有关人员的说情电话，政委以及其他常委也同样接到过类似的电话，对此司令员当然心知肚明。政委是个知识分子，又是书记，党性修养以及个人脾性等都和司

令员不同，在会上，政委委婉地做司令员的工作，说实在不行，在转了干之后，立马把这个“关系户”调到别的单位去不就行了嘛。我们下面的做点难，而这上边的面子不好不给，如果因为这个事情得罪了他们，那么从今往后我们到上面办事儿就会遇到很多不必要的麻烦。政委心里明白，如果他们两个主官思想不统一，别的委员也不好表态，他们都在等着司令员和政委“统一战线”呢。

听着政委的话，司令员的脸更黑了，任凭政委说得口干舌燥，司令员始终一根接一根地抽烟，就是不表态。一直到开饭的号声吹起，会议也没有个结果，到最后司令员跟政委差点拍了桌子，还是副司令员出来和稀泥，才没有最后闹僵。临近散会的一刻，司令员站起来，拿出了自己的方案，并拍着胸脯说，我是司令员，又是党委副书记，这件事情我说了算——这是最终方案，出了问题我一人承担责任，和其他委员无关。

司令员拿出的方案是，把干部指标给卫生科的乔小丫，乔小丫是烈士的妹妹，工作也干得非常出色，当兵第一年就立了功，第二年就入了党，在卫生科还多次受到嘉奖，是个值得培养的好苗子。最应该“关照”的是这样的战士，这么优秀的战士不用我们用谁去，还要我们这级组织干什么！

委员们不知道是同意还是反对，反正都没有明确表态地离开了，司令员对在一旁记录的党委秘书说：没有反对就说明都同意了，那就通知干部科，按照刚才的那个方案去做！

那次党委会后不久，我们班长就跟一些比自己入伍晚好多的老兵一起，乘坐分区的大巴车，复原回家了。

六

出乎所有人的意料，乔小丫的转干一事最后也没有转成。说起来非常具有戏剧性，就在分区干部科将乔小丫的转干报告表呈送到军区有关

部门时，一个质疑乔小丫哥哥是假烈士的匿名信，在辗转了几个职能部门后，也同时摆在了他们面前。

写信人在那封匿名信里说，有一次他在某个城市打工，看见一个拄着双拐的人，在大街上跟过往行人乞讨，他的一条腿大半截没有了，另一条腿似乎也不怎么利索。这个人穿得破破烂烂的，但可以看出那都是旧的军装，甚至领子上还留下以往戴领章时的印痕。这个身影他觉得非常熟悉，这个他熟悉的人以前跟他在一个村子生活多年，几乎算得上是一块儿长大的，两人还是好朋友。这个人多年前入伍到了部队，听说在自卫反击作战中“光荣”了，为此他的妹妹还被特招当了女兵，只是，他一个牺牲了的人，不可能出现在这里呀，这怎么可能呢？他认为也可能是某个跟他相像的人，但他又不想就此算了，就试探性地喊了一下对方的名字，结果却出乎他的意料，那人竟顺着喊声朝他扭过头来。这一扭脸，他吓得浑身一个激灵，原来这个人脸上的五官几乎都挪了位，眼睑的红肉翻着，鼻子不是鼻子，嘴不是嘴，如果在半夜三更看见这张脸，非把你吓个灵魂出窍不可。看到这张脸，他再也不能肯定眼前的这个乞丐就是自己村子上的那个人了，因为那根本就不是一张人脸了，说是一张鬼脸都不过分。写信人在信里用疾呼的口吻呼吁：请组织上一定要负起责任，查清楚，无论如何不能让一个曾经为了祖国，不惜流血牺牲的人就这样风餐露宿，流落街头，要让这样的英雄得到全社会的尊重，享受政策的优惠对待，而不是置之不理，不管不问。匿名信的落款就是乔小丫参军入伍的那个乡那个村，那么，匿名信里说的那个人自然就是乔小丫的哥哥无疑了，因为乔小丫她们村子里参加作战的人就乔小丫哥哥一个人，那这个人不是乔小丫的哥哥又会是谁呢？

军区对这封匿名信非常重视，并通过地方民政部门，对乔小丫哥哥牺牲的事情再一次走访核实。工作组先是到了老部队走访，得到的回答是肯定的，那就是，烈士的的确确是牺牲了的，虽然当时他被炮弹炸得血肉模糊，但他的班长、排长、连长都在现场是证明了的。工作组还根

据匿名信里提供的特定地方，来到信里所说的那个城市，没有费多大气力，就找到了那个沿街乞讨的乞丐，但无论问什么，他都一概用摇头作答，工作组最后认定，此人是个神经不怎么正常的人，在为他拍了一张照片后，就离开了。最后，工作组来到乔小丫的那个村子里，一是想慰问一下烈士的亲人，再一个也是打算从村民甚至家人那里侧面了解一下，看是否有匿名信中所说的情形。结果，除了见到已经因脑出血卧床多时，家境越发窘迫的乔小丫父母，工作组一无所获。在乔家时，工作组还犯了一个不可饶恕的错误，那就是，他们不该翻腾出那张无名照片来让老人过目，这一看不要紧，竟对老人产生了毁灭性的打击。

乔小丫哥哥牺牲后，乔家一直享受着民政上的经济补贴，但所有的一切根本不能解除两位老人对独生子的怀念。尽管随着时间的推移，这种怀念渐渐模糊，但它早就化作生命的一部分，融入两位老人的骨髓里，灵魂中。先前，记忆中他们保留的都是儿子入伍前的样子和入伍后寄回家的照片中的模样。但自从老人看过那张照片以后，他们似乎对儿子死去的惨痛有了一个直观的认识，久已麻木的疼痛再次击打他们不堪重负的心脏。于是，在工作组走后不到两天，乔小丫的母亲撇下卧床不起的老伴儿，独自撒手西去了。

就在我们这些一同入伍的战友都为乔小丫有可能成为一名军官而羡慕而高兴的时候，当年底，入伍三年的乔小丫就以母亲病故，父亲需要她的照顾为由，打报告复员退伍了。

听公务班的一个新兵说，乔小丫跟战友们走的时候，司令员站在办公室的窗前，目送着老兵们乘坐的大巴车离开，一个人默默地在那里流泪，那一刻他发现，司令员的脊背驼得更厉害了，几乎都跟一张弓差不多了……

稀稀拉拉侯得果

全乡新兵 60 多人，分乘两辆大卡车，在接兵干部的带领下，前往地区临时兵站汇合。

那天的天空阴得很沉，车一开出县委招待所，就淅淅沥沥地下了起来。

看着浑身上下崭新的军装，从今天起便结束了毕业后无所事事，总遭家人嫌恶的浪荡日子，我心里着实美滋滋的，觉得就连那淅淅沥沥的小雨也下得正是时候，乐得总想咧开嘴哈哈大笑。可是我不能笑，因为我扭头朝四周看了看，发现有一半的新兵跟头顶的天空一样，阴沉着脸，还有不少新兵站在那里无声地流泪。的确，眼前这些熟悉的场景，正在被越来越快的汽车甩得越来越远，在这与家人和故乡分别的庄严时刻，如果谁咧着大嘴傻笑，想想看，那会是个多么尴尬的场面，弄不好会被人当作半吊子。我使劲儿让自己憋着。“憋着！”我在心里命令自己说。“看你的那个熊样儿！”我用母亲或者几个哥哥经常熊自己的口吻对自己说。寻常的时候，我只要有什么高兴的事情，在脸上刚要有所表现，就会立刻迎来他们这样的训斥，一听这话，我的心情就跟一碗开水“哗——”地一家伙泼到雪地上一样，兴奋的情绪顿时化作乌有了。没想到这一招还真管用，我那几乎撑破肚皮的笑声最终在我内里偃旗息鼓了。从此以后，每当我遇到让自己得意的事情，眼看就要喜形于色，发之于外的时候，我就使用这个方法，让自己显得深沉，拒绝浅薄。你还别说，这竟然是一副屡试不爽的良药。

“哈哈——哈哈哈——哈——”

突然，有人大笑了起来。

大家纷纷朝着笑的地方看去，见是一个矮趴趴，高颧骨，两撇八字眉，面皮皱如榆树皮的家伙。如果再往下看，这家伙竟还有点微微的罗圈腿儿。这个发现立刻让所有的目光变得鄙夷和愤怒。

“罗圈着个腿儿，咋当上兵了呢，嘁！”

“肯定是后门兵呗！”

“像个三寸钉耙，能得个不行了！”

“……”

“我的天！”这个家伙竟然不怯不惧，“这是出去当兵，是保家卫国，又不是给你爹娘大出殡，至于要这么哭天抹泪的吗！”

“你爹娘才出殡呢！”

“捶他个狗日的！”

有人一提议，这些刚刚穿上浓浓樟脑味儿军服的新兵“呼啦”一下，朝着那家伙围了过去，无数的拳头纷乱着朝他砸过去。他架起两只胳膊护着头，就势往车厢里一蹲，大喊“打死人了——”

坐在驾驶舱里的接兵干部从反光镜里发现了车厢里的混乱，当即喊声“停车！”跳到地面问大家：“为什么打架？”但没等别人说清楚，马上就知道了缘由，厉声对那个惹事儿的家伙说道：

“侯得果，你给我老实点儿！”

大家这才都回到自己原来的位子上不吭声了，但每个人的心里从此都牢牢地记住了“侯得果”这个名字，和这个长得跟一只猴似的家伙。

到了新兵连，我分到了三班，侯得果分到了一班。

新兵连的生活是紧张而枯燥的，有时候甚至是令人愤怒的。吃就不说了，早晚都是放了糖精的发糕、清油炒白菜，平时连个肉末子也见不着。单说解手，就是一件苦不堪言的事儿。新兵班长似乎刻意要和每一位新兵过不去，当我们这些水土不服的“新兵蛋子”好不容易得到班长的批准，拿捏着劲儿，夹着屁股一溜小跑到了100多米远的厕所时，不是已经挤到裤裆里一点儿，就是五分钟眼看蹲完了，刚才憋得不行的劲头却消失得无影无踪了。干等着就是拉不出来，往往是，我们刚刚回到班里，那个感觉又来了，只好再跟班长请假，惹得班长大怒，一脚把这个稀稀拉拉的新兵蛋子踹出了门外。

稀稀拉拉，是我们进到军营里后接触到的最多也是最刺耳的一个新词儿，专指那些作风纪律、军事训练、内务整理都提不起来的新兵。但大多的时候，也是老兵对新兵的一个通称。当一个老兵面对新兵说“你个新兵蛋子，整天稀稀拉拉”的时候，一般懂事儿的新兵，就赶紧笑着低下头去。

每天立正、稍息、正步、跑步，要不就是关在班里学习条令条例，简直枯燥得要命。幸好有这个叫侯得果的家伙，才为我们漫长的一个月的新兵生活增添了些许的乐趣。

到了部队我才知道，原来侯得果是我们老家乡武装部部长的儿子，还是独生子，单从他的名字上就可以看出，侯得果的父亲是希望儿子像猴儿得到果实一样，吃喝不愁。不知道侯得果是脑子缺根弦儿还是咋弄的，平时走路都是好好的，一到训练场上，就做各种姿势都顺手顺脚，专业术语叫“顺拐”，看上去怪怪的。班长就把他叫到训练场的一角，让他一个人练习腿和摆臂的协调动作，每次看见他跟个机器人似的迈腿摆臂，生硬得大家都忍不住想笑。

侯得果的腿又有点罗圈，训练刚开始的时候，他还能夹得紧，挺得直，还看不真切，可一旦训练得累了，他的大胯就不由自主地放松了。

班里一共九个新兵，大家都整齐划一，站立的时候犹如一根根挺直的篱笆柱，唯有他和别人不一样，到了他那里便叉拉开一个梭子形的缝隙，气得班长鼻子都歪了。侯得果的班长是个大个子，头有斗大，天生是个当兵的料子，人又实在，性子一旦急起来，话语反而不多了，都用动手动脚代替了。虽然教导队和上级严禁对新兵体罚打骂，但训练的时候夹带点情绪也是在所难免的，在一个月的新兵连生活里，侯得果暗地里吃了不少苦头。

新兵连进行的都是部队最基础的课目训练，每一个基本动作练习了一阵子后，全队都要举行会操表演。这时候新兵班长站成一列，由新兵连连长统一指挥，所有的新兵都集合起来，按照编制序列，一个班一个班地出列进行。每次会操都是当日训练接近尾声的时候，此时此刻也正是体力下降最厉害的时候，侯得果就是想让自己两腿夹紧点，也往往很难奏效，结果可想而知，他虽然排在全班的最后头，但挺不直的两条短腿还是令比赛效果失色不少。

一次，新兵连夜间紧急集合，到了规定的时间后，所有新兵都背着打好的背包，扎着武装带，穿着厚厚的棉衣裤，站在教导队的走廊里，等着新兵连领导检查。不一会儿，走廊里的吊灯拉亮了，连长、指导员，以及身后的几个排长、十几位班长，挨个查看新兵的着装和背包。不用别人指引，大家就都看到非常显眼的侯得果了：他的背包捆得像个兜猪娃子的网兜，没有拾掇好的背包带拖曳在地下，再看他的穿着，上衣的扣子没有一个是扣对的，而下身呢，前开门跑到了屁股后头去了。连长皱皱眉，一声没吭，就从侯得果眼前过去了。

“看你的熊样儿！”为了把住笑，我在心里对自己骂道。

我是没笑出来，但人群里有个人却“噗嗤”一声笑了出来，这个人是我们班的班长。

“球样儿！”侯得果的班长用眼睛的余光不满地扫了一眼我们班长，“小心别让我找到你自己班里的什么毛病！”

那时候新兵班长在训练新兵上较劲非常厉害，我们班长的笑被侯得果的班长想当然地认为是对自己全班的嘲笑。

我们班长斜斜嘴角，还给了一班长乜斜的、轻描淡写的笑。

新兵连的中途，有一次全连在教导队教室上政治课。上课的政治指导员是由教导队队长兼任的。队长是从山西跟内蒙古交界的一个县入伍的，说话的口音曲里拐弯的，加之他偏偏说话的语速极快，听得我们一个个昏昏沉沉，想睡又不敢睡，只好强打精神，在那里坚持着，至于队长都讲了些啥，相信没有一个人事后能回忆起来。

就在教室内的气氛越来越沉闷，几乎让人喘不过气来的时候，突然，侯得果“咚”的一声，嘣出一个大屁来，极其响亮。教室内先是瞬间的死寂，但随即就爆发出一阵哄堂大笑，笑声几乎掀掉了房子的顶棚。

脸色气得绛紫的教导队队长将教科书掂起来，又狠狠地摔在讲台的桌子上，凶狠的目光在所有人脸上扫描一遍后，大声地朝着我们每一个人说：“笑，笑什么笑你们——笑个屁！”

如果他不这么说的话，或许大家笑一下就完了，谁知他这一说，在大家的心里跟刚才的事情应了景，结果是爆发了一阵更为强烈的笑的浪潮。

“这堂课就上到这里了！”队长两手一背，嘴里嘀咕了一句什么，很可能是句骂人的话，但没有人听清楚，他就转身离开了教室。

这时，值班排长才站出来，瞪着眼睛问大家：“谁，刚才是谁？是谁，站起来！”

排长的话似乎一下子提醒了大家，结果，所有的目光都瞅向了侯得果。而侯得果呢，脸红得跟鞋底扇过似的，勾着头，一句话也没有说，只是他也没有站起来。

新兵连终于结束了，新兵们也纷纷被接收的老连队开着卡车来拉走了。我和侯得果等十几个新兵却没有能够坐得上汽车，因为我们要去的

老连队很近，就在跟教导队同一个院子里的机关警卫连。连里来了一位副连长，几位老兵班长，根据事先的分兵方案，点名后新兵们分别站在自己班长的后面，列好队，我和侯得果站在同一个班长的身后，唱着“战友，战友亲如兄弟”，迈着整齐的步伐，没有几分钟，就到了连里。

既然是警卫连，你就可以知道，我们连的主要任务就是担负整个军分区的岗哨，夜间巡逻，以及其他公差、勤务。在班里，我跟侯得果的床铺紧挨着，我在侯得果的上首，也就是说，无论是站岗，还是执行流动哨，我们俩一般情况下都是一起行动，只有在站岗的时候，我上完一班岗后，侯得果来接我的岗。

一次深夜，侯得果接过我的岗后，我并没有回到班里就寝，而是陪着侯得果说话。夜很深，也很静。那会儿已是初夏了，但夜里的凉意让我们非常受用。就是在那次夜谈中，侯得果告诉我，说他在上初中的时候谈了一个对象，那闺女高高的个儿，漫长脸儿，一双会说话的大眼睛扑闪闪的，留着时髦的披肩发……在他离开家的前夜，两人难舍难分，直到登车前两人才依依分别。对于侯得果的说法我并不完全相信，因为从那天他在车上被揍的情况来看，也不是个跟心上人难舍难分的模样，而且，就凭他的自然条件……

没想到的是，下到连队大半年后，侯得果再次成为大家议论的对象。

比起新兵连的日子，老连队要温馨自在得多，训练、学习、吃饭、就寝等，都是按照正常的作息时间进行，闲暇时间一下子宽裕了许多。自由活动的空间也从自己的连队扩展到兄弟连队、机关老乡，甚至附近的居民家里。我在空闲的时候，爱跑到卫生科找同年兵闲扯，而侯得果的去处，则是分区大院后面的一户老乡家。分区大院的后门毗邻一条河流，河上建有一座钢架桥，河的对岸是一片近百亩的果园，有一户老乡专门负责看守这片果园，在钢架桥边建有一个院子，那院子就是这户老乡的家。

有一天，天气非常炎热，连里在戈壁滩上进行了摸爬滚打的战术训练后，组织大家到分区后面的河里洗澡。我和侯得果正洗着，忽然发现上游漂过来一件衣物，那是一件花色非常好看的衬衣，在水面起起伏伏，像条美人鱼一样朝我们游来。侯得果捞起一看，竟是一件完好的女式衬衣，看上去穿过不多长时间，因为它大约在九成新上。侯得果往沿岸看了看，马上就肯定地说，很可能是那家看果园的老乡家晾晒的衣服，不小心被风刮进河里了。他把衣服拧干，放到岸边，等洗好澡后，将衣服送了过去。那老乡对侯得果非常感谢，并欢迎他常到家里来玩儿，就这样他们认识了。

当年十月里的一天，我们连队按照训练大纲，在经过一个阶段的射击训练后，到后山进行了实弹射击。全连开拔前，连里指派侯得果跟另外一个老兵担任分区大门的执勤哨兵，而后中途再派打过靶的其他人回来接替。

可是，等中途来换侯得果的战士回来时，已经下哨的侯得果却蒸发了一样，跟他一起准备实弹射击的老兵再也找不到他人影儿了。正着急时，一位从外面回来的分区干部对那老兵说，他刚才路过那片果园，看见一个战士跟一个丫头躲在树林边上说话，但那个战士是不是你要找的那个人，他就不敢肯定了。这老兵马上赶过去，一看正是侯得果，在跟老乡家的女儿小声说着什么。回到靶场上，那老兵将这个情况给连队做了汇报。第二天，指导员找侯得果谈话，问他昨天跟果园那家人家的女儿交谈些什么？知不知道部队条令规定，战士不准在当地谈对象？侯得果脖颈一硬说：“龟儿子才谈对象了，我那是在做她的思想工作，因为她最近老跟自己的父母顶着干，老惹父母生气，我要化解他们父女之间的矛盾。”

不管侯得果说的是不是真话，但像他这种动辄就跟地方女青年厮混的现象，连里是绝不姑息迁就的，于是，连队就在军人大会上不点名地批评了侯得果的行为，并抓住这个典型，连续搞了一个礼拜的军队条令

条例的学习，搞得全连官兵个个头昏脑涨，大家就把怨气撒到侯得果的身上。于是，那个“副政指”的绰号很快就在大家之间传开了，时间一长，甚至绰号都盖过了真正的名姓，大家几乎都忘记了还有“侯得果”这个称呼。

那次事情之后，班里加强了对侯得果的重点管理，明令规定他再也不许跨过钢架桥半步，否则就军纪从事，如果故意违纪，就要关禁闭。那天班长还特意把我叫到一边，小声地对我说：“你跟侯得果既是老乡又是同年兵，他对你心里不设防，你要多加注意他的行踪，一旦发现有什么越轨的地方，要及时跟我汇报，不能大意，知道了没有？”我说：“班长，你该不是叫我跟踪监视侯得果吧？”班长说：“什么跟踪监视呀，你这话咋说得这么难听呢！我们这是对侯得果同志的政治生命负责，是对他的关怀和帮助，我们怎么能够眼看着侯得果同志往泥坑里滑呢，是不是？一旦他哪天真的违反纪律，掉进作风问题的泥坑里不能自拔，那不是彻彻底底地害了他吗？”我一听班长站得这么高，把问题看得这么深刻，这么遥远，连忙点头保证，一定会按照班长交代的去做。班长拍拍我的肩头说：“这就对了嘛。”

令人疑惑的是，分区围墙后头的那条河，成了侯得果趟不过去的宿命河，并最终结束了侯得果在分区警卫连当兵的日子。

我们入伍的第二年冬天，当地政府要对分区后面的那条河流进行大规模扩建，因为在河的下游，人们在戈壁沙滩上开垦了大量的荒地，用这条河里的水来压碱，浇灌，种植棉花和经济林，以增加当地的 GDP 收入。有一支施工队还住进了和我们警卫连仅一墙之隔的废旧老营房里，那是分区老骑兵团撤编后，遗留下来的两排苏式营房。这些施工队里大都是青年男女，有使不完的劲儿，更有亢奋的精神，每天繁重的河道修建工作完成后，还要在宿舍里弹着吉他唱歌、跳舞。

有天晚上，侯得果上的是自卫哨，任务是负责整个营区里的安全，杜绝陌生人员擅自进入。那天查哨的是指导员。指导员扎着武装带，挎

着五四式手枪，手执大亮度电筒，他从连部走到连队放有武器弹药的库房，从连队食堂走到围墙的侧门外，就是没看见哨兵的影子。他有点纳闷儿，弄不清哨兵到底去了哪儿。正疑惑间，突然听到从围墙那边传来一种嘈杂的喧闹声，歌声夹杂着戏曲声，还有猜拳行令的叫喊声。指导员就打开侧门的锁，来到民工借住的老营房附近，他原本是想过去提醒一下，要他们小声一些，以免影响连队的休息，但转念又一想，人家都是地方青年，干了一天的重活儿，业余时间唱唱歌，喝喝小酒儿，放松一下精神，也是天经地义的事情，自己没有权力杜绝人家。况且，你就是想杜绝，人家也不一定就听你的呀！就想折转回身。也就是在这当口儿，指导员突然发现有一个人影，蹲在一个宿舍窗口的暗影里，鬼魅似的一动不动，似乎在窥视着什么。指导员用电筒一照，那个影子一晃悠，差点从围墙上摔下来。等他下到地面，指导员近前一看，这人竟是背着枪支应该在营区内执勤的侯得果。

“你在这里干什么？”指导员嗓门虽然不高，话语却透着令人窒息的威严，接着对侯得果说，“赶快回到你的哨位上去！”

等侯得果的身影从指导员眼前消失后，指导员专门瞅准离侯得果待的围墙最近的那间民工宿舍，绕过去敲开门一看，发现是间女工宿舍。这些女工跟那些男工一样没有休息，只是都洗漱完毕，身着睡衣，轻松自在地跟着一部放像机，在咿咿呀呀地学唱地方戏，其中几个女子唱的正是侯得果老家那个地方的戏种。这些女工一见指导员来了，纷纷热情地拽着指导员，把指导员往房间里让，指导员跟她们客气几句，说自己没事出来瞎溜达，听她们唱得挺好听的，就过来瞧瞧，说完就告辞出来了。

回到连部，刚好连长也没睡，正在伏案写着什么，指导员就把刚才的事情对连长讲了。连长低着头，沉默了好一会儿，叹口气说：“嘿，这个熊兵也太不让人省心了。”随即，连长话锋一转，小声对指导员说，“今天我到司令部去开会，遇见在牧区的一个后勤科长，他说他那

里缺少一名炊事员，跟我要人，说我们如果同意给人，他负责到军务科办理相应手续。这事儿你看怎么样？”指导员一听，说：“好啊，那里可是人烟稀少的高原地区，让他到那里去锻炼锻炼，也未必不是一件好事儿啊！”

几天后，侯得果就坐上牧区开来的吉普，到几百公里远的大草原上去了。

两年后，我已经是军区报社的一名军报记者了。一天，我刚刚从基层部队采访归来，就听说某个山区发生了百年不遇的暴雪，积雪厚度达两米多，大部分的草棚被压塌，牧民的牲畜很多都被埋在雪堆里，或者因为没有饲料冻饿而死。军区派出直升机到那里协助救灾，为了及时报道救灾的进展和救灾当中的动人事迹，报社领导当即派我跟随直升机一同出发，前往灾区采访救灾情况，跟踪采访报道。因为事情来得突然，我连发生灾害的地方都还没有弄清楚，就上了直升机。经过跟同机前往灾区的军区总医院医务人员打听，这才知道，受灾的山区竟是侯得果当炊事员的那个地方，而且还是受灾最严重的地方之一。虽然受灾是件不幸的事情，但一想到就要见到侯得果了，他的那些新兵连和老连队的诸多糗事，还是马上一一在我眼前像“电影”一样浮现，我内心就禁不住想笑。“憋住，看你个熊样儿！”我在心里骂自己说。效果跟以往那样灵验，我一路上都是一副凝重的表情，表现得很“记者”。

尽管设想了无数遍灾区遭灾的情形，但等走下直升机，我们还是被眼前的情景惊呆了。山坡上被大雪压倒的雪松横七竖八，冻饿而死的羊只一堆一堆的，区上的学校、区委、区政府的房屋被大雪压垮的不少，闻讯赶来的武警、解放军正在发放大衣、粮油等物资，全力解救受灾的牧民。某部队医院在临时搭建的野战医院里，为冻伤的牧民及官兵进行着紧张的治疗。最令人动容的是，大雪的前一天，有支外国科考队在附近搞科研，被大雪堵在了一家牧民的家里。而我先前当兵的那个分区的一名副司令，近几天在区上抓民兵试点工作，闻讯后，连夜率领几名军

官和基干民兵，骑马前往这户牧民家去救援，在经过一个山崖的时候遇上了雪崩，十几个人全都被埋。等他们被前来救援的部队官兵从雪下面挖出来的时候，大部分已经牺牲，那位分区副司令万幸被抢救过来，但也在野战医院里被截去了一条被冻坏的小腿。

这样的重大新闻，真是可遇而不可求。我当即赶到临时搭建的野战医院里采访。军医护士们忙前忙后，也没有人搭理我。我一边走一边寻问着找到了那位副司令，等到了他跟前，一眼看去，就觉得躺在帐篷病床上的人似曾相识。也难怪，我在分区当兵的时候，每当分区要在俱乐部召开大型会议，或者举办年度总结表彰会，以及业务培训班什么的，服务、执勤人员大都是从我们警卫连抽调，这样一来二去的，就跟许多单位的领导呀，科长呀什么的混得熟悉起来，有些人在会议结束或培训班结业的时候，紧紧地握着我们这些小战士的手，久久舍不得松开。我的印象中，这位首长那会儿应该是某个单位的副职，想不到没几年，人家成了军分区的首长了。

情况不允许我跟伤员多说别的，副司令虽然缓过来了，但体力已经严重下降，加上这里海拔高，氧气本就稀薄，此刻他的脸发青，嘴唇发紫，不允许我过多地占用他的时间，就按照我事先列举的提纲，进行了简单的采访。下来后，我根据自己在灾区的切身感受和现场的耳闻目睹，就着马灯连夜赶出了一篇新闻稿，并利用区上唯一跟外界联系的电台，将稿子发了出去。因为灾情引起国内外的广泛注意，而我又身临其境，写了大量反应军、警、民在天灾面前不畏困难，抵御灾害的报道，军区政治部还为我记三等功一次。

一个多礼拜忙下来，加上吃不好，休息不好，我人瘦了一圈儿，但为灾区所做的一切，也让我感到对自己这几天来的付出是值得的。就在临上直升机的前半个小时，我心里突然“呼隆”一下想起来一件事儿，那就是我的战友老乡侯得果。我一连在区上好几天了，竟把他给忘得一干二净，幸好这会儿又想起来了，不然，等今后见了面，不知他会怎样

作践我呢。

不过，这么大的事儿，我怎么就不见侯得果的人影儿呢？难道说他复员离开了这里？可是我几个已经复员在原籍的战友，在来信中没有告诉我他回去的消息呀。这是怎么回事呢？

我急忙折返回救灾指挥部，找到侯得果所在单位的一名科长，此刻他正在协调救灾工作中的一些具体事务，当听我说出自己与侯得果的关系时，那科长握着我的手使劲儿地摇，边摇边说："是你呀，早就听侯得果说起过你了，他说他这一辈子最佩服的人就是你了，有才气，会写文章，将来一定会有大出息，想不到在这里见到你了——两天来可是慢待你了。"我说："哪里话，大家都忙得脚底板磕屁股蛋子，哪里有时间说这些。"他说是，然后仔细地盯着我看了一会儿说："你找我是不是想问侯得果在哪儿？"我点点头。他叹了一口气说："见不着了，去年就没有了。"我问他见不着了是什么意思，侯得果是不是复员回老家去了？他摇摇头后又叹口气，说声"你随我来"便头前走了。

我们一前一后，来到一座馒头型的土包跟前，土包的前面还竖有一个石碑，此刻被大雪裹盖，就像半截树桩一样。科长三下五除二，用衣袖除去石碑上的积雪，碑文显露了出来：英雄士兵侯得果之墓。

科长告诉我，侯得果上山后，原先单位上的两个年轻军官，一个转业到了山下的那个县城里，另一个也结了婚，不在灶上吃了，侯得果一下子没有事干，就常常到区政府门前断崖下的那条小河里捡彩色石头，有人说那些彩石是戈壁玉，温润如脂，非常具有观赏价值。

去年初秋，区人大主任在几百公里外的那个通信总站当兵的女儿银花回家探亲，也跑到河道里捡石头，准备带回单位，送给自己的战友，她和侯得果两个人就是在那里认识的。两个小年轻，又都是当兵的人，很快就熟悉并交谈起来。那银花高高的个儿，漫长脸儿，一双会说话的大眼睛，剪一头齐耳短发，戴顶无沿的圆圆的军帽，衬着鲜红的帽徽、领章，漂亮着呢。银花邀请侯得果去她家做客，侯得果高兴地去了。

区上有个二流子，仗着家里有无数的羊只，好几辆车在山下跑运输，财大气粗，就打起了银花的主意，听说银花回来了，就跑过来觍着脸说，要跟银花交朋友。银花哪里看得上这个一脸蠢相的家伙，可又不好断然拒绝，就跟侯得果商量，要侯得果抽空多陪自己聊天，这样一来，那二流子见无机可乘，自然只有打消念头这条道。

那二流子认为这是侯得果故意跟自己过不去，决心找机会报复侯得果。

侯得果最后一次陪银花说话，是在一个阴雨天。

当天下午，天上开始淅淅沥沥地下雨。到天快黑的时候，雨水大了起来。侯得果看那二流子也没有到银花家来，觉得他有可能不会再来了，就赶紧从银花家里往宿舍跑。单位到银花家也就500米的路程，只是中间必须经过一处陡峭险峻的山坳。那二流子披着一件雨披，正在山坳里一处背雨的地方等着侯得果，见侯得果跑着过来了，就伸出一条腿，把侯得果绊了个嘴啃泥。由于那天雨下得大，泥土被雨水泡得松软，山坳上方的一块巨石正悄然地推动着淤泥往下移动。因为天黑，侯得果和二流子谁也没有注意到这一险情，当两个人扭打在一起的时候，巨石借着一股山洪，就像巨兽挣脱了束缚，朝着两人碾压过来。

侯得果第一个看见了巨石，继而那二流子也看见了。两个人都很紧张。侯得果瞅着巨石到了眼前的时候，原本他一侧身就可以躲避过去，但那样的话，二流子一准被巨石碾压在下面。说时迟那时快，侯得果就在巨石擦身而过的同时，一只脚猛地朝巨石蹬去，借着这股反冲力，把二流子拽到了山坳里的草地里，就在这时，两人先前紧攥着的手也同时松开了，由于巨大的惯性使然，侯得果随着山上的泥水，出溜到悬崖的底下去了……

几天后，人们在那条布满彩石的河边找到了侯得果，就把他的死当作了一次意外事故处理，上报分区后，埋在了那里。半个月后，当石碑被那原先的二流子找人竖在侯得果墓前的时候，还有人说，他哪里算得

上英雄呢，纯属是意外死亡呢。

那二流子凝望着远处一只盘旋在半空的雄鹰，喃喃地说："在我的心里，侯得果就是个不折不扣的英雄！"

不久，关于侯得果真正的死因慢慢地在人们中间流传开来，有人开始给人武部，还有军分区写信，请求上级将侯得果申报为烈士……

寻找母亲

母亲是在郭兴上小学六年级的那年走失的。那年郭兴 15 岁。

头天夜里，郭兴照例在梦中听见了早已听惯不怪的那些响声了。那是皮带梢儿撕裂空气时才有的响声，跟沙漠蛇遇到危险时，蛇信抖动发出的嘶鸣一样。天亮后，母亲穿上她那件只在参加村里婚宴时才舍得上身的府绸衬衫，对刚撒了尿从屋后转过来的郭兴说：上午娘要去趟巴扎（少数民族语，意为“集市”），你好好在家待着。此刻郭兴正放暑假在家，总跟同学下河坝抓狗球鱼也没太大意思，就缠着母亲，非要跟她一起去巴扎。母亲伸手揉揉郭兴毛扎扎的脑袋说：在家好好复习功课，将来才有出息。看书看累了，就到咱家瓜地里摘个瓜吃吃，我上巴扎给你买酸奶子薄皮包子带回来。

郭兴“嗯”了一声，眼泪巴察地目送着母亲走出低矮的篱笆院子，跨过前边的木板桥，消失在了一片葵花丛和玉米丛掩映的村路上。

郭兴家所在的村子叫特克勒尔村，离县城有三公里，中间隔一条车尔臣河。村里那个放羊的老汉嘉玛尔吹牛说，这条河发源于全村人都看得见的那个南天尽头，名字叫慕士塔格峰的雪山上，河水起初非常清澈，比县里那些干部喝的瓶装水还要清澈甘甜。只是在流经了斜度很大的戈壁大漠后，才变成了即便是澄清后仍有些苦涩的泥浆子。从县城到特克勒尔村，河上架了一座全部由粗壮的胡杨木搭建的桥，桥很宽，也很结实，别说过毛驴勒勒车，就是跑小卧车、大货车都没嘛达（口语：没问题）。特克勒尔村濒临茫茫塔克拉玛干沙漠，多亏了这条脾性敦厚稳健的车尔臣河，和它伸出去的那条臂膀。那是一条车尔臣河在村南边生发出去的支岔，支岔像一个人叉着的胳膊，紧紧地将特克勒尔村护在怀里。这样一来，再暴虐疯狂的沙尘和沙丘，也始终不能跨越雷池半步，以致这片绿洲里树木葱茏，牛哞羊咩，鸡鸣狗吠，五谷丰登。

村子里大部分住的是维吾尔村民，在经过村子东边的国防公路边，则住着十几户的汉族村民，他们只种少量作为口粮的麦子跟玉米，大部分的土地上种的是长绒棉、油葵及瓜菜等经济作物。眼下正是西瓜和“老汉瓜”上市的旺季，天空中不时可以嗅到它们飘忽的香甜。

以往每年的这个时候，鳏夫嘉玛尔的歌唱总是跟爱情有关，那让人陶醉的歌声就飘扬在特克勒尔村的上空：

> 我唱歌，我唱歌，
> 黑眉毛的姑娘歌最多；
> 双眸传情送秋波，
> 吻一吻你的红唇多快活。

可是，不知从什么时候开始，老鳏夫的歌声被一种凄凉哀婉的调子替代了，再听到他的歌声后，叫你心头不由得隐隐升起莫名的哀伤。

郭兴家既没有跟汉族村民那样临国防公路修盖房子，也没有居住在村里头，而是将家建在了特克勒尔村北面的一片荒滩上。郭兴家与村子之间有一条宽宽的排碱渠，渠里终年汩汩流淌着一股碱水，荒滩上长着一丛一丛的野苇子、刺芽子、羊奶疙瘩和各种杂草，一个一个硕大而突兀的褐色土丘上，长着茂盛的沙枣树，临渠则是一些阔叶的弯腰柳，柳

叶在风中闪烁着银白的光亮，发出“啪啪”的脆响。

郭兴的父亲郭大古虎背熊腰，又厚又糙的嘴唇，两道浓重的卧蚕眉。从打记事儿起，父亲郭大古跟郭兴说过的话没有一箩筐，无论郭兴干什么，他统统不管不问，在他眼里，这个长得除身材高挑一些，其余外貌都酷似母亲的孩子跟他一点感情也没有。郭大古冬天卖菜，春夏秋都在地里干活。他总是吃过早饭后，又兜上一份中午饭，不到太阳下到车尔臣河西边的镇子后边不回家。母亲的身子似乎停在一个10岁女孩的高度上，再没有往开里长过，有时擀面条还得在脚下垫两块砖。

母亲答应郭兴说从巴扎上给他买薄皮包子，酸奶子，不知是母亲把对儿子的承诺忘记了，还是连同儿子跟她生活了十几年的家一同忘记了，总之，在那个热得太阳能把人晒得秃噜一层皮的夏天的上午，说是要去赶巴扎的母亲竟悄然失踪了，从此再也没有回来。

自己的老婆没有了，郭兴的父亲郭大古跟个没事的人一样，照样每天一大早下地，太阳落地回家，吃完饭后就躺到床上睡觉，呼噜打得跟往常一样。

可怜的是儿子郭兴。郭兴一下子没了母亲，生活彻底变了样儿，他除了学会自己照顾自己外，从此开始了漫长的寻母征程。

村子里很快有了关于郭兴母亲失踪的传闻。有人说，郭兴的母亲被人贩子骗到和田，卖到更加遥远的地方去了。还有人说，郭兴母亲肯定自杀了，说不定是投进了车尔臣河里，被大水冲到罗布庄子去了，整天干活受罪，搁在谁身上都会受不了的。这一点郭兴死活不信，母亲多次搂着他说，为了儿子，她也一定得坚持活下去。也有另一种说法，说郭兴母亲跟牧羊老汉嘉玛尔关系好，有人曾经看见过两人在一起，郭兴的母亲伏在老鳏夫的臂弯里哭泣，所以他们猜测，会不会是老东西把郭兴母亲给藏匿起来了……一时间，各种说法都出来了。

郭兴在特克勒尔和四周的村子里寻找母亲的下落，连他的同学也都帮郭兴打听，暑假很快就结束了，母亲就跟人间蒸发了一样，没人看见

她究竟去了哪里。开学后，郭兴来到县城上中学，每个星期天，郭兴都要在巴扎上一个巷子一个巷子地转悠，巴望出现奇迹，让郭兴看见母亲的踪迹。从秋天转到春天，从初一转到初三，郭兴每每是怀着希望而来，满腹惆怅而归。躺在寝室的床上，郭兴总是叹息着想，如果母亲跟大街上的那个邵子（方言：傻瓜）乞丐一样，是个啥也不知的傻子多好啊，那样的话，郭兴就可以挽着母亲，把她扯回自己的家，母亲是不分聪明和呆傻的，是自己的母亲就行。想到这里，郭兴就在心底长长地呼喊：母亲啊，你到底在哪里呀！？

郭兴初中毕业那年冬天，县上开始了冬季征兵。郭兴虽然个头儿体重都十分勉强，但下乡进行家访的人武部和接兵干部在了解了郭兴的情况后，十分同情郭兴的遭遇，破例批准郭兴入伍，带领着郭兴和入伍的新兵来到中俄交界的塔城边防部队，郭兴在连部当了一名通讯员。

战士在部队都有一次探亲假，假期批下来后，别人都是带着当地土特产，直接回到入伍地探望父母，而郭兴不是，郭兴什么都没带，穿着一身军装来到了母亲的原籍。在部队期间郭兴有了一个新的想法，觉得母亲会不会是回到老家去了，母亲可是一别故乡几十年了呀。郭兴曾多次听母亲说起过，自己在老家还有一个小姨，小姨家的住址母亲只说过一遍，就跟用刀子刻在郭兴的脑子里一样，从此郭兴再没有忘掉过。

郭兴先是坐汽车到乌鲁木齐，又从乌鲁木齐坐火车来到母亲的老家，根据记忆中的地名，郭兴没有费太大的劲儿就把小姨的家找到了。小姨听了郭兴的叙述，顿时大哭起来。小姨对郭兴说，回家？回啥家呀，你妈是个倔眼子驴，从这里走出去了，她就没有打算再回到这里来。小姨讲了母亲过去的一件事，当年，由于家庭成分不好，村里一个寡汉条子趁郭兴母亲一个人在家时，破门而入，欺侮了郭兴的母亲，家里人都劝郭兴母亲忍一忍，哑谜下来算了，因为那寡汉条子是支书的哥哥。可郭兴母亲就是咽不下这口气，到公社告状说理，要求公社法办那个赖种，闹腾了半天也没有任何结果。郭兴母亲一气之下，连夜就出走

了，还是在生郭兴那年，才跟家里打了个信儿，一家人才放下心来。不过，郭兴母亲是绝不会踏上回老家的路的，否则她也就不是郭兴的母亲了。

郭兴的希望再次破灭。年底，郭兴退伍回到了特克勒尔村。令郭兴想不到的是，这一次，连郭兴自己都成了一个不受欢迎的人了。

原来，在郭兴当兵走的那年冬天，郭兴的父亲郭大古到县棉麻公司交售棉花，在巴扎一个饭馆里吃饭时，遇到一个有几分姿色的中年妇女，两人对上了眼，一来一往后不久，干脆合铺一处，过起了日子。

面对形同陌人的父亲郭大古和冷眉冷眼的情生女人，郭兴更加想念自己的母亲，有时候实在想得太苦了，郭兴就走出家门，来到村子北边的沙梁上，极目北眺，眼前是一望无际的沙漠和连绵起伏的沙丘。郭兴知道，沙漠的对面，就是石油重镇库尔勒，再往北，翻越天山就是自治区首府乌鲁木齐，郭兴的很多战友在沙漠外边的城市里打工挣钱，有的成了老板。郭兴的连长在一次车祸中被轧断了大腿，退伍后在乌鲁木齐开了一家汽车修理厂，生意很是红火，在他手下干活的大都是老连队的退伍兵，他曾多次联系郭兴，要郭兴到他的厂里干，月薪肯定是所有工人里最高的。郭兴对老连长的好心表示感谢，但他说自己还不能答应他的召唤，因为他还没有自己母亲的确切消息，在没找到母亲的下落之前，他不会答应任何人的任何事儿。老连长对郭兴说的还是那句话，你先到这里干着，一边干一边找，大伙儿一块儿帮你找，登报纸发启事，办法多的是，总比你一个人在小小的特克勒尔村寻找要好得多。郭兴觉得老连长说得有道理，说自己还想在这里努力一下，郭兴最后哭着对连长说，他认为前些年自己的努力都是白费，他现在突然感到，母亲其实根本就没有走远，很可能还在特克勒尔村，至于在哪儿，他不清楚，他接下来的事情就是弄清这个问题。

冬天是沙尘暴频仍的季节，那天郭兴坐在沙梁上，正遇上漫天的风沙，狂风搅动着沙砾打在郭兴的脸上，一开始时郭兴还架起两臂遮挡，

后来连冻带打，郭兴的脸已经麻木了，就听凭刺骨的风沙对自己施暴。渐渐地，风沙打着尖细的呼哨远去，寒冷和孤寂再次统治了沙漠。经过刚才的周天沙尘暴，郭兴几乎成了一尊出土的陶俑，稍微一动，瀑布一样的细沙哗哗地从头顶上的棉军帽、耳廓上、脖颈上、肩头上往下淌。好在郭兴的听力丝毫没有受到影响，他隐约听到一个浑浊苍凉的声音，经过仔细辨别，声音来自不远处的车尔臣河畔。现在，随着一群绵羊漫上河岸，那个歌声也清晰起来，是嘉玛尔老汉。老人一边挥舞着手里的鞭子，一边唱道：

但愿我受过的痛苦，
不要再施加于他人。
……

羊群一边啃着岸边的干草根，一边发出颤巍巍的咩咩声，似乎在对老汉的忧伤表示着理解和同情。

一个月后，随着元旦的临近，天气也愈加寒冷了。村子的上空开满了雪白的羊奶疙瘩，柳絮一样的种子在寒风里打着亦梦亦幻的小伞四处飘扬。麻雀从田野回到村子里的一棵棵馒头柳和枝叶稠密的榆树上，叽叽喳喳地讨论着应付三九严寒的大事儿。一位跟郭兴一个村子，又一同入伍，复员后跟着老连长在乌鲁木齐工作的同年兵，被老连长派回来，专程拉郭兴去乌鲁木齐。临行前老连长发了话，就是用绳子捆，也要把郭兴这个犟种给我捆到乌鲁木齐来。

两人在村头一家小饭馆里要了半锅手把肉，两瓶伊犁特，开始的时候，郭兴还能绷着劲儿，后来就抢起酒来。同年兵跟郭兴当兵前是好同学，当兵后又都在一个连里。郭兴当了通讯员，没有执勤站岗的任务，但他总是在同年兵夜里站岗的时候起床陪着他。北疆的冬天漫长且寒冷，从八月份开始下大雪，几乎每个礼拜都下一场鹅毛大雪，直到来年的五月过后。从连队到执勤点还有一段山路，虽然每天打扫，但路上的

石头被冻得又滑又硬，一不留神就有可能滚下山去摔个粉身碎骨。有郭兴拿着手电陪着，平时孤清寂寞的两个小时就快多了。他们身穿皮大衣，不时将眼睛贴在高倍望远镜上看看四周情况，然后继续在燃着煤火的岗楼里畅谈人生，设计今后的生活道路，甚至即将到来的爱情生活。当然，大多时候都是同年兵在说，郭兴只是支着耳朵在听，偶尔插上一句，也是离不开寻找母亲这个话题。同年兵没有更好的话来劝慰郭兴，只好拿别的话题来岔开。

同年兵转达了老连长的意思，郭兴说我还没有找到母亲，说着咕咚一声咽了一大口伊犁特。

同年兵说：你都找了这么多年了，也尽了心了，先工作，再慢慢找。

郭兴说：不，我必须先找到母亲，否则我生不如死。

同年兵跟郭兴一个村子出去的，对郭兴的情况自然十分了解，他跟村子里所有的人一样，知道郭兴不可能再找到自己的母亲，但他不忍心道破，只好端起一碗酒跟郭兴碰了一下说：郭兴，作为同学加同年兵，我只能对你说，咱们活着的人一定要好好地活着，首先得对得起自己。

郭兴碰过酒碗并没有喝，而是一家伙朝着同年兵泼了过去，大喊一声说：我就要母亲。同年兵迅疾地一歪脑袋，一碗酒顺势钻入他背后的土里。

同年兵这才知道郭兴喝醉了，两斤伊犁特郭兴喝了一斤半，却连一块肉都没吃。他在搀扶着郭兴往家走的时候，那个牧羊的老汉哼着一支奇怪的曲子，跟他们擦肩而过。

睡到半下午的时候，一阵隆隆的响声把郭兴从床上叫醒。郭兴踉跄着走出家门，来到平时坐着的沙梁子上。这时沙尘暴已呈四合之势，一座座沙丘被一种神奇的手如同削剥水果一般，越剥越小，越削越矮，陆续被大风刮到远处，再按照沙丘被削剥时的相反程序，坐落在远处。这种无聊的游戏在这里上演了千年万年，似乎成了大自然唯一的乐趣，所

以才乐此不疲，这种游戏也许会一直这样玩儿下去。

在大风搅得周天浊黄，指头大小的砾石呼啸着朝郭兴袭来的时候，郭兴来到河岸一个岩石洞穴下面躲避。无论沙漠的风多大，沙尘多么狂野，移来多少沙子，都注定被车尔臣河阻挡，再一股脑儿地被河水送到下游，送到罗布庄子去。岩洞是郭兴小时候就常常用来躲避沙尘暴的栖身之所，上学时放暑假，郭兴还跟同学在岩洞里架锅煮过狗球鱼汤呢。狗球鱼刺很少，肉瓷实，用澄清的车尔臣河水来炖，喝之前撒点香菜在里边，鲜得郭兴跟伙伴们一碗接一碗地喝，等肚子灌得溜圆，又一泡接一泡地往河里撒尿，笑声顺着河流带向了远方。

似乎是“咣”的一声响，一切忽然就安静了下来。沙漠上的风来得突然，去得也快，等郭兴走出岩洞的时候，大漠上一派宁静，似乎从来就没发生过什么，刚才的一切不过是一场梦而已。

郭兴拍打拍打自己身上的沙尘，心情凝重地往回走，泪水顺着脸颊流下来。在郭兴经过自己刚才还坐过的沙梁子的时候，发现有人在他坐过的地方插了一溜红柳枝子，红柳枝子隔四五米一根，似乎在为什么人指引方向似的，顺着河岸若即若离地一直朝下游走去。郭兴有点不相信自己的眼睛，怀疑自己的神经出了问题，要不就是自己中午喝过了酒，视觉出了偏差。郭兴揉了揉眼睛，弯下腰触摸一下那些棍棍，果然是红柳枝子。郭兴觉得蹊跷，就顺着红柳指示的方向一直走了下去。大概走了 1000 多米的时候，红柳枝子在一个长满蒿草的低矮沙丘面前消失了，在这个沙丘上，有人用红柳枝子编了一个花圈摆放在那里，红柳枝子是新砍下来的，隐隐可以嗅见一股清苦味儿，枝头干枯的叶子苍绿苍绿，细碎的红柳花好像西天的落晖，紫红紫红。

这时，那个浑浊苍凉的歌声再次响起，并随着岸边羊群一声接一声的叫喊声，渐渐飘向下游：

朋友啊，请别把琴弦拨响，
它会勾起我无尽的忧伤；

我心里已经够苦恼了，

我爱上了一个喀什噶尔姑娘。

……

歌声还在河的上空飘荡，沙漠深处刮过一阵黑风，黑风过后，大漠上一片宁静，仿佛什么都没有发生过一样，就连刚才还在那里徜徉的那个小伙子，此刻也不知去向，不知所踪。

后来，不知哪个特克勒尔村的村民说，有人偶尔看见老牧人嘉玛尔的羊群发达了，他身边还多了一个帮手，那是个年轻人，他们住在离村子很远的河边，由于相隔太远，没有看清那个年轻人的模样，不过，看上去他们的日子过得闲适而祥和。

村民们不免猜测：那个年轻人会是谁呢？

连队故事三则

一、班长的故事

从班长的身上，我认识到了那个叫作命运的东西。

以班长的父母亲都是干部这样的家庭背景，如果他不当兵，恐怕早就是地方上某个机关里的干部了，可班长的人生目标就是成为一名军官，因为班长的父亲就曾经是一名受人尊重的师级军官。可是，命运偏偏没有给他这个机会，哪怕他高中毕业，身板平直高挑，军事素质非常过硬，连续两次拿过军区比武的单项个人第一名，率领的班获得团体冠、亚军各一次。这些优势在当时机关里的那些真正的军官都没有可比性，但他没赶上军队多年来一直从士兵中直接提干的机遇，而是士兵提干，必须参加文化与军事技能等多项严格考试的选拔后，方能进入军校，然后才能成为一名军官。而刚刚进行招干改革的时候，部队的录取分数之高，执行标准之严格，恐怕就连那些著名的院校都远远不及。

虽然班长的军事素质出类拔萃，但次次参考都被低迷的数理化得分拉下马来，班长亲眼看着自己的军官梦一步步走向破灭。

我们到部队的那年，正是班长的人生理想接连遭受重创的时候。不过我们还是看得出，在连队，除了连长、指导员，班长的威信远在其他班长甚至几位排长之上。一次在野外训练现场，负责全连进攻战术训练的班长在吹过休息哨后，不知为什么，当着部分官兵的面，竟然冲值班的排长大发脾气，弄得排长很下不了台。尽管在场的副连长及其他排长都赔着笑脸向他解释着什么，班长还是把皮带扣一松，一屁股坐在地上撂挑子了。有的老兵说，他以前从没有这样“泼气”（方言：骄傲，过分）过，前途没有了才这样，说明了在命运面前无奈的焦虑。

那会儿农村兵文化普遍很低，这往往成了城市兵笑话我们的根由。一次开班务会，班长突然走到我身边，用钢笔在手心里写了一个字，问我这个字读什么，我说是个“吻”字。班长转着脑袋来回看了看副班长和几个老兵，用有点惊诧的语气说，可以呀，连这个字都认识啊。我当时心里同样诧异，暗说怎么了，这个字有什么特别之处，我就不能认识它吗？同时心里也对班长有了看法，觉得班长有点看不起我们农村兵。

我们从新兵连分到老连队的时候，正是部队准备开展学习朱伯儒、张海迪事迹之际。一天晚上，连队熄灯前几名新兵围着电视看模特沿着T台走猫步，一位乡党委委员的儿子可能在家随意惯了，他一看周围都是自己的同年兵，突然蹿离座位，将嘴往荧屏上一贴，说声让我“呜（吻）你一下——”引得教室里哄堂大笑。这家伙就是个人来疯，一看自己的举动这么得人心，他有点刹不住车，一抬头，看见了文书预先布置明天全连政治学习动员会会场而刚刚挂上去的大红横幅，他就模仿着指导员侉兮兮的地方话念道：“学习朱伯需（儒）、张海由（迪）动员大会现在开始——。”他的神气活现又引来教室内的一通大笑。

班长信奉“军人就是为战争而存在的”这句格言，所以在他当兵的第二个年头，得知军区要组建部队到南线参战的消息，激动得几天几夜都没睡好觉，他觉得自己一身过硬的军事技能和一腔的报国热血终于有了用武之地，连续咬破指头写了几份要求参战的血书，交到指导员那

里。不巧的是那次参战任务分配到了别的部队，班长再一次与机会擦肩而过。

我们到连队的时候班长已经超期服役几年了，但班长依然是连里倚重的骨干，像军体拳、匕首拳、擒拿格斗，还有连排班的进攻防御等科目，都是班长组织进行。一次课间休息时，我的几个同年兵在通讯员的带领下，约好了要拜班长为师学习拳术。起初班长不同意，说只要把我教给你们的东西掌握好就可以了。可是这些农村兵太过实在，或者说不识高低眼色，不知道班长心里烦，见班长推辞，以为是班长谦虚，就一拥而上死缠烂打着要班长收下他们。班长说那好，要跟着我学拳术，得有一定的基础，现在让我来看看你们的基础如何。班长从人群中拉出通讯员，让通讯员根据他的要求做一个骑马蹲裆式。班长寻个破绽，用脚尖轻轻一挑，就把通讯员给弄了个嘴啃泥。班长随后问大家谁还要学习武术，不妨也来个骑马蹲裆式给大家看看，结果再没有一个人嚷嚷着要跟班长学习武术了。

我们下到老连队的当年底，班长接到家信的频率明显增加，大都是催促他早找对象，尽快退伍参加工作的内容。班长似乎也做好了接受这个现实的心理准备，其中一个最具说服力的证据就是，以各种理由前来看望班长的女子多了起来。部队有《条令》规定——不许士兵在驻地谈恋爱，班长自然也在“不许”之列。但连队上上下下都对班长有多少亏欠似的，对班长与异性的交往也采取一种宽容的态度。

在距离我们分区不到两公里远的山坡上，驻着一个军队的医院，里面成群结队的大都是女兵，她们头戴无檐帽，斜挎着背包，一个个跟骄傲的天鹅一样，说起话来莺歌燕鸣一般。班长的妹妹也是一家部队医院的护士，虽然不在那家部队医院里，但她有多名护校同学在这个医院工作，通过班长妹妹与她们的信件往来，她们借着替班长妹妹前来看望哥哥的名义，也陆陆续续出现在连队。

其中有一个高挑个儿漫长脸的护士，跟班长比较处得来，她每次来

都拎着大兜小包的零嘴，散发给我们一同品尝。有一次她和班长聊得非常火热，熄灯号吹过很久了，她也没有离开，她跟班长都歪着身子靠在床铺上，就着班长自备的微型床头灯，嘀嘀咕咕一直说到我们睡了醒，醒了睡。

终于，老兵退伍的命令宣布了，班长名列其中。临告别之际，班长从提包里掏出一个缎面的笔记本送给我，他要我抓时间学习文化知识，在部队好好发展。笔记本装在一个硬纸套里，我来不及打开看，因为此刻大家都纷纷赶到营区跟老兵道别。我把笔记本往被子下面一塞，就飞跑着出门，操起两根鼓槌，跟着大家一齐敲锣打鼓，将共同生活战斗了将近一年的老兵们送上大巴车，目送他们离开军营，消失在远处的地平线上。

欢送仪式结束后我回到班里，取出笔记本打开一看，意外地发现里面夹有一张照片，而且我一眼就看出来了，照片里的女兵正是跟班长谈得来的那名护士，我一时间不知道该如何处理这张照片，心想在班长登车之前打开本子来看就好了，就可以把照片还给班长，现在班长早已走远了，我怕我无论如何也没有办法再把它交到班长的手里了。

班长怎么这样粗心呢？我在心里这样不停地埋怨着班长。

二、河边的风景

当我们满身樟脑味儿，听着苏小明的“军港的夜啊，静悄悄”的歌子，乘着大巴走进那个部队大院的两年前，连队的施工场地发生了一起事故，这起事故最终导致一位湖南籍士兵高位截瘫。这也就是为什么几年后，当我看见那位面孔虽然苍白，但依然俊朗的士兵居然佩戴着红色的领章帽徽，坐在轮椅上，被另一位士兵推着在营区走动时，内心感到非常惊讶了。那时候我们到部队还不到半年，见到那位坐轮椅的士兵也是在一次义务劳动的过程中。

那天还是南疆凛冽的初春季节，我们到街上去伐树，准备过一段时

间之后原地栽上新的树苗。我们劳动的街道离营部很近，而且营部还是我们连队的直接上级。营是独立营，是分区的直属队，下辖三个连队，一连跟营部驻在城市的南部街区，连队官兵根据任务划分，为这个地级城市的多家金融单位负责安保警卫。三连驻在离城区几十公里外的某个荒滩上，担负着后来武装警察才担负的看押囚犯的任务；我们二连负责分区的警备与战备执勤等任务，因为整天为机关出公差勤务，见多了大大小小的首长，对独立营的那些营、连级干部就看不上眼，尤其是在我们这些没有见识的新兵蛋子眼里，连里的连长指导员动辄要跑到城南的营部去开会，总觉得有点太那个了。

那会儿，我正在和一条粗壮的树根较劲儿，突然，一个同年兵扯了一下我的衣服，说快看，怎么还有坐在轮椅上让人推着的军人，这得多大个官儿呀！

好没见识的新兵蛋子！跟我们一块儿干活儿的老兵说：你当坐轮椅是享受啊！大惊小怪！老兵说：那是我们的同年兵，在一次连队施工中被砸断了腰，这个事情还没有得到最后的妥善处理，部队就得管着他的一切。病人每天都要出门晒太阳，到卫生室针灸、按摩，难不成来来去去总要人背着吗？只好坐轮椅了！

哦，是这样呀。我们都用敬佩的目光看着那个老兵。

“狗日的新兵蛋子们”，坐在轮椅上的老兵冲着我们嬉皮笑脸乱吼乱叫，“不要偷懒儿，看看老哥们是怎样干革命的，连腰都累折了！你们谁也不能稀稀拉拉，跑肚拉稀的！”

我要跳出来跟他理论，我的耳朵眼儿是圆的，听不了这刺刺挠挠的四棱话！却被身边的老兵一把拽住了。他说，他都这样了，早就破罐子破摔了，连连长指导员和营长教导员都让着他，你一个新兵蛋子倒受不了啦！

我一听，可不是嘛！就继续跟那个树根儿较劲儿，听凭他被人推着走远了，再没有看他一眼。

老兵说，那是在修建机关和分队的射击场的时候。所有的材料都是就近开采的山上的岩石。山是寸草不生的荒山，石是一碰就滋滋冒火的火山岩。随着一阵阵爆破声响过，一部分官兵负责将炸开的石头装车，然后运抵施工现场。那湖南兵被分配到掩体的修砌组，根据先易后难的顺序，他们已经修好了高大的掩体后墙，正在准备修建报靶员的隐蔽部分。

也许是活该出事儿，实际上事先也已经出现了征兆，那湖南兵在施工的间隙跟几个战友坐在掩体石墙上卷莫合烟（一种土烟）抽，不知为什么他抬头看了一眼太阳。太阳好好地挂在天空，看起来还是以往的那个太阳，并且那天的太阳也并不比以往的太阳更热。但湖南兵一个晕眩从好几米高的石头墙上跌落下去。幸亏掩体底部还没用水泥铺设，都是虚土，大家的一阵惊叫最终不过是虚惊一场，那湖南兵爬起来，拍拍满身的尘土，骂了一声“奶奶的”，又嬉皮笑脸地加入莫合烟的行列中去了。

一声哨响把湖南兵跟其他战友从墙体上拉下来，施工继续进行。拉运石头的车队从南边的山嘴儿处陆续开来。湖南兵跟几个战友掂着瓦刀，正在掩体的中段砌一个隐蔽涵洞，瓦刀敲击石块的叮叮当当声让他们的听觉拒绝了其他的声音。一辆自动卸载的大卡车在卸下车斗里的石块时，一块巨石不知为什么没有在该停下的地方停下来，而是有了什么外力推搡着它继续往前滚去似的。所有的人都吓坏了，因为掩体本身就处在低洼处，巨石借着地势越滚越快，人们大喊大叫，要掩体底部的人员赶快躲避。可是，掩体深处的空间早就填满了瓦刀跟石头的敲击声，对外来的一切响声都采取的是一种排斥的态度，掩体上头的人无论怎样喊，掩体底部的人按照他们的预先计划，仍有条不紊地进行着。

此刻那湖南兵正抱着一块石头往摊了灰浆的墙体上放，突然发现四周的墙体有泥块儿纷纷往下坠落，对这种异常他产生了警觉，就在他一愣怔的工夫，他又感觉到了脚下的大地似乎也在跳荡，这个现象让他放下了怀里的石块，举头往掩体上面打量，就在他终于发现附近的人们都

朝着他这里大喊大叫的同时，也把那个疯狂奔过来的石头看到了。他赶紧把正在一心一意施工的战友推到一边，自己想跑已经来不及了，便就势滚进了刚刚砌了一半的隐蔽涵洞里。巨石并没有直接击中湖南兵，而是砸在了湖南兵一侧刚砌的石壁上，卡在掩体之间不动了。石壁垮塌了，那湖南兵被垮塌的乱石压在下面，其中一块石头砸在他的腰椎处，他从此没有再站立起来。

事故发生后，湖南兵成为舍己为人的英雄，还跟军区其他单位的英雄人物组成了英模团，被一名专门的士兵推着，出现在到各处进行演讲宣传的队伍里。分区还指示独立营，在把湖南兵移交到地方民政部门之前，先把他的家人请来照顾他的吃喝拉撒睡。湖南兵父母都下世了，家里只有一个姐姐，姐姐来部队伺候了他一年多，因为未婚夫家催着她要结婚而不得不回湖南老家了。于是，照顾湖南老兵日常生活起居的事情，就由营部通讯班的战士轮流来完成了。

湖南老兵的事迹中有一个细节比较感人。说是在他残疾后，一次，姐姐推着他在河边散心，他取出随身携带的小说，并要姐姐自己随便走一走，到附近的风景区逛逛，有事他再喊她。大约半个小时左右，他看到一个女青年，情绪十分沮丧，似乎有种要寻短见的意思。湖南兵主动和她搭讪、攀谈，得知她是因为失恋才对生活失去了信心。湖南兵就让她跟自己比，说自己都这样了都没有对生活绝望，你什么都好好的，就因为一个辜负了自己的人而连生命都不要了，这是对自己的不负责，是对父母的不负责，这是人生最大的糊涂事儿。一席话令那女青年拨云见日，对湖南兵发誓说，自己再也不会这样自轻自贱了，两人也从此建立起了联系，那女青年每个星期都要到营区照看湖南兵一天，给湖南兵洗衣服，还推着坐在轮椅上的湖南兵到营区外面散心。

夏天说来就来，而且这个山城的夏天竟然非常炎热。一个星期天，我到营部去会通讯班的同年兵，约他到营部不远处的那条河里洗澡。那是条从大山里流出的河流，河水流量很大，流速很急，并且因为是雪山

融水，河水很凉，如果当初那位女青年果真跳进去的话，恐怕就是神仙也救不了她的命。

我们的目标是一处河流的回水处，那是一个大大的水湾，也是一个天然的大浴场。浴场像长在河流身上的一个巨型瘤子，一部分水在那里歇缓下来，太阳一晒，祛除了雪水的冰凉，正是解暑游泳的好地方。回水湾的周边都是茂密的树林，林子的地面上长满了葳蕤的甘草丛。人们三五成群地把衣服甩在草丛上，穿着花花绿绿的泳衣在水里扑腾。为杜绝部队官兵溺亡事故的发生，那会儿警备区的纠察到处活动，禁止部队人员私自下水游泳，如果哪个倒霉蛋游泳时被纠察抓住了，处分是少不了的，还得部队的领导亲自前来提人。我和同年兵躲藏在树林里，先往四周观察了一遍，见没有纠察的影子，才放心大胆地脱衣服。就在这时，我的同年兵忽然神秘地拦住了我，说别脱了，有情况。顺着他的目光看去，我看见了那辆熟悉的轮椅，轮椅上坐着湖南兵，还有在轮椅后面推着它缓缓前行的女子。

即便是坐在轮椅上的老兵也是老兵，在我们新兵面前一样具有班长的权威。看来澡是洗不成了，我们不妨躲在林子后面，看着他们一步步朝着我们，啊，不，是朝着那片水域走来。他们显然是有备而来，因为湖南兵那天上身没有穿佩戴领章的军装，而是穿了一件雪白的短袖衬衣，这让他的脸色显得更加苍白了，而轮椅后面的女子则穿着一条宽宽松松的连衣裙，连衣裙蓝底白花，好像湛蓝的夜空里布满了无数的星星。

他们在水边停了下来，两人低声交谈了一阵儿，似乎在商量什么事情。不一会儿，那女子竟动手脱下了自己的长裙，将它扔在水边的草地上，瞬间，一个一身泳装的高挑女子出现在我们眼前。接下来，更让我们吃惊的事情发生了。那女子不光自己一身泳装，还动手替那湖南老兵脱掉了肥大的军裤和上衣，同样扔在水边的草地上，仅余下了部队配发给战士的那条浅绿色的绒线短裤，湖南老兵那松弛的肌肉，还有那已经开始萎缩的大腿展露无遗。起初，那老兵似乎有点不习惯，忸怩了一会

儿，最终还是听话地坐在轮椅上，任凭那女子推着，沿着斜坡一步步推到水里。

或许，那是湖南兵出事后洗得最畅快的一回澡，因为在那女子的面前，他表现得非常听话，再没有发牢骚骂娘，而是非常配合地洗了个河水浴，甚至还以手撩水，跟那女子打了一会儿水仗。

等他们沐浴嬉戏完毕，开始往岸上走的时候，我们飞跑着冲出树林，前来帮忙。看见了我们，那女子倒也落落大方，只是脸上飞起了两朵红晕，那老兵却摆起了谱，一口一个新兵蛋子地叫着，说：胆子不小啊，竟敢打我的埋伏，看我回去后怎么收拾你们！

我和同年兵什么也没说，只是一个劲儿地嘿嘿笑着，把他朝岸上推。

几个月后，他被部队移交到家乡的一个干休所。临走前，他抠着吉普车旁边的一个树疤，怎么也不松手，哭成了泪人儿……

三、诡谲的欠单

上级下达了我们连要去南线轮训的命令！连续数月的隐蔽与侦查训练总算没有白训，连队上上下下一派临战前的亢奋。

可是我却有点儿沮丧，因为我从同年兵那里隐隐约约听说，赵庆说我欠他五块钱迟迟不还，准备在部队开拔前跟我摊牌，要我尽快还他的五块钱。

欠债还钱，再借不难！赵庆还说：“区区五块钱我都张不开口去要，如果不是情况特殊，我是不准备讨要的，但是情况不同了，我要要回他欠我的五块钱，给家人买些东西寄回去！”

晚饭后，指导员把我叫了去。指导员是北疆人，因为喜欢抽烟，一口牙齿变成了褐色。我们当兵的私底下都说指导员是个没有胯骨的人，因为他的裤腰总是随时要掉下来似的垂在屁股的尾骨那里，这让他的裤裆总是垂下很长，一走一晃荡，让人替他担着不必要的心。

你是不是欠赵庆五块钱一直没还？指导员说，或许你是忘掉了，没有多少时间了，咱们侦察分队不能带着问题执行任务，我希望你尽快把欠账还上。

当兵以来我没跟任何人借过一分钱，我说，至于赵庆说我欠钱的事，纯属子虚乌有。我不知道赵庆为什么要说我欠他的钱，或许别人的确借过他的钱，并且一直没还，但那个借钱的人肯定不是我。虽然我跟赵庆一样每月仅有八块钱的津贴，但我的日常用品都是家里买好给我寄过来，这你是知道的，所以我从来花不着钱，更不用说去跟什么人借钱了，赵庆他是记错了。

他有我打的借条儿吗？如果有，我立马就还他！我慷慨陈词地说，不就五块钱嘛，我不缺那五块钱！

我也相信你说的话，指导员说，如果时间允许的话，说不定会弄清楚这件事的。可是部队明天一早就要出发了，他说你欠他的钱，你又无法说清自己不欠他的钱，这件事就不好办了。

可是，我……

你别急。指导员说，我找你来还有一件事要告诉你，上级政治机关要培训一批写作骨干，准备在条件成熟的时候吸收到军区报社当记者。上级根据你入伍以来在通讯报道与创作方面的优异成绩，决定抽调你去参加，所以，明天部队开拔你就不要去了，而是准备准备到军区教导队报到，参加培训班的学习。

不，我说，参加侦察分队我是写了血书的，这样的机会或许是我当兵生涯里的唯一一次。参加培训可以让别人去呀，为啥非要我去？——我要去南线！

参加培训跟上南线一样重要，指导员说，刚刚上级还打来电话，指名你必须参加，你就不要犟了。说着指导员来到办公桌前，拉开最外面的一个抽屉，取出一个纸条儿，这是你刚到的稿费汇款单，上面正好五块钱。我的意思是，你就用这个上面的钱，先把赵庆的五块钱还上，就

算是我预先借你的，等分队完成任务回来，我一定给你一个答复。我还能说什么呢，只好在单据上签字，然后回连队参加参战前的会餐。

我前脚从连部出来，就看见赵庆和文书一起，骑着连部的自行车往街上去了。

几个月后，我成为培训班里第一批由士兵转为记者的学员。当上记者就等于提了干，工资自然也比当大头兵高许多。但这并没有抵消赵庆说我欠他钱不还给我留下的阴影，对此事我一直耿耿于怀，虽然才不过区区五块钱，但欠钱不还是个人品问题，这件事我不可能忘掉的，也一直总想找个时机回到老连队一趟，把这事弄个水落石出，不然，它会压得我喘不过气来。只是由于侦查分队执行任务还没有回来，我以急不可耐的心情盼望着他们早一天凯旋。

中秋的一天，我正在宿舍里赶稿子，电话突然响了起来。电话里是总编沙哑的四川万县一带的口音，他要我到他的办公室里去一趟，说有个重要事情跟我交代。我一进主编办公室，就看见军区政治部宣传处的处长坐在沙发上，不禁两腿一哆嗦。有一次处长在培训班给我们上写作课，因为头天晚上加班写东西熬得太晚，我听着听着竟睡着了，睡就睡吧，还打起了呼噜。处长是湖南益阳市人，他的地方口音非常浓重，加上身体有些虚弱，声音也低，十句话里听懂三句就不错了。我想既然听不懂，不如干脆迷糊一会儿，补补昨晚的觉，就拉低帽檐，采取一个从讲台上看不见自己眼睛的姿势打瞌睡。很多人也对处长的讲课没有兴趣，他们虽然不打瞌睡，但交头接耳，教室里就像汇聚了无数的蚊蝇，嗡嗡声一片。陪同前来听课的培训班领导没有办法，只好硬着头皮等着时间跑得快一点，再快一点。就在这个时候，我的呼声突兀响起，教室里一下子静了起来，大家的无声无息一下子就出卖了我。忍了好久的处长终于找到发泄的突破口，当即大发雷霆，他用力抓起放在讲台一角的帽子，狠劲儿地往讲台上摔几下，说不讲了，下课！随之就悻悻地走掉了。培训班领导赔着笑脸送走了处长后，转过身就来到我的面前，大声

地喊着叫我站起来，你给我站起来！领导命令我，站好，立正。他质问我说，你是哪个系哪个队的，你叫什么名字，来这里是干什么吃的！这时许多学员包括旁听的不少机关里的干部也都过来替我解围，说那老头儿讲课跟蚊子哼哼一样，很多人都被催眠了，不能全赖他，这样好歹我就算逃过了一劫。现在处长来主编办公室，他肯定不会是为了发生在培训班的那件事而来的，那件事早就过去了，培训班结束后人们已经四散离开，除了我之外相信不会还有人会记得这事儿，但说心里话，理亏还是让我打内心深处怵这个不苟言笑的老头儿。

处长老头儿还真是冲着我来的，他不仅带来了侦察分队从战场撤回来的消息，还通过报社交给我一个任务，让我为前线凯旋的英雄撰写演讲稿。为了在全军区巡回宣讲侦察分队前线作战的英雄事迹，军区决定成立一个由多人组成的英烈事迹宣讲团，抽调从前线回来的官兵进行宣讲。考虑到我就是从侦察分队出来的，有关部门就把这个任务交给了我，正好我想回老部队一趟呢，这样一来恰好公私兼顾了。

说起来凑巧，我接受的撰写演讲稿的任务，恰好正是描写赵庆的壮烈事迹的。我也是刚刚才知道，赵庆他没有走出战场，他倒在了南方国境线上的一片密林里。赵庆牺牲得很英勇，当时跟他一同前往目的地潜伏的战友踩着了一颗地雷，他在地雷爆炸的瞬间，一把推开了战友，自己则扑在地雷上，壮烈牺牲。在那次战斗中，指导员也受了伤，虽然没有伤到要害处，但面容有点影响，一块弹皮犁开了他的左脸颊，不是太深，但却带走了一小块左耳垂，不仔细看很难看出来。

因为任务完成得出色，指导员一回到老驻地，就被任命为团的政治处副主任。我在老连队采访的那段时间，就住在团招待所里。指导员给我提供了很多赵庆牺牲前后的细节，让我很快就找到了写作的切入点，也使我的宣讲材料进展迅速，文中亮点纷呈，感情也跌宕起伏，情节扣人心弦。我相信，只要宣讲员不是很差劲儿，单凭我写的文字，就能让很多听过宣讲后的听众流下自己唏嘘不已的热泪。

当时，由于南线战地记者的一篇报道在《解放军报》上刊登，赵庆为救战友英勇献身的事迹反响巨大，赵庆的弟弟赵祝被特招到我的老连队里当兵，接过了赵庆生前的枪。我到老连队后没几天，披红戴花的赵祝就来到了军中。我家跟赵庆家相距不到五里地，所以我跟赵祝在当兵前就熟悉，而赵祝到团招待所找我那天晚上，正是我的宣讲稿写完最后一个句号的时刻。

那晚带领赵祝一块来的就是指导员、如今的团政治处副主任。我问了赵祝父母的身体状况，赵父的糖尿病是否得到控制，当地民政部门对家里的抚慰是否到位等。最后我问了一个后来感觉非常愚蠢的问题，这个问题当然是在我的下意识中问出的，等我感觉到不妥的时候已经晚了。

我问赵祝，你哥有没有说过别人欠他钱的事情。

更令我想不到的是，赵祝的回答同样令人惊讶。赵祝说赵庆回回写信都说连队的战友比亲兄弟还亲，知道赵庆的父母身体不好，经常凑钱给他寄回家，如果不是战友们，恐怕爹娘早就不在了。

赵祝说，哥哥在上南线之前写了一封信，虽然因为保密的要求只字未提这事，但哥哥在信里还是表现出了与往常的一点不同，他在信上告诉我，要我尽心伺候爹娘，好好做人，做一个好人，将来才好撑起家庭的一片天。赵祝说，跟信一起，哥哥还寄回来十块钱。如果没有哥哥接连不断寄回的钱，恐怕父亲不会捱到去年冬天。听赵祝说到这里，我感觉到了指导员在看着我时的那沉思的眼神。

这次南线侦查作战，侦察分队一共牺牲了两人，五人不同程度地受伤。在上级指定的善后工作组成员里，有连里的主官和相关人员参加，除了新任团政治处副主任，我的老连队的指导员，赵祝自然也被邀请了进来。清理烈士的遗物时，工作进行得非常细致，军区对此事有专门指示：将那些有价值的遗物收集好后送到军区政治部，在经过爱国主义教育的陈列展览后，将统一收归军区档案馆永久保存。

连队的物品柜有专门的房间，平时由文书负责管理，每周只在周末

才能打开，除非特殊情况例外。物品柜也是连队统一制作的，大小跟一个火箭弹箱差不多，也被涂成绿色，箱子的正面和两侧还编了号，属于赵庆的物品箱静静地排在最底层的中间。

文书打开赵庆的物品柜，里面的东西被一件件取出，大都是分队接到出发命令前，整理好后存放在那里的。除了洗得干干净净的衣服，一些个人的小东西，里面还有一个塑料皮笔记本，里面的彩页是沈丹萍当红明星等。文书把笔记本用指头斜着拨拉了一遍，检阅性地翻了一下本子，急速翻动的纸页发出“哗哗”的响声，纸张掀起的风竟吹出一张夹在本子里的纸条，纸条晃晃悠悠飘落在地上。文书弯腰把纸条捡起来，看了一眼后目光再也移不动了，大家也感觉到了文书的异常，都把注意力转移到了那张纸条上。文书先是看了一眼站在他对面的我，随之把纸条递到老指导员的手里。

那是一张欠条，上写：某年某月某日，本人借同年兵某某某人民币五块钱整。落款正是分队赴南线执行任务出发的前一天。指导员又把纸条缓缓地交到我的手里，所有的人都屏住了呼吸，神色凝重，屋内的气氛压得大家喘不过气来。

哥呀——！赵祝突然爆发开来，他跌跌撞撞地冲出房门，大家也随之纷纷跟着出来。赵祝在连队院子里不停地原地转着圈儿，仰脸看着苍天，一声声不停地叫着赵庆，仿佛赵庆并没有牺牲，而是躲到了他头顶的某块云朵之上。

这可是一件珍贵的遗物。过了一会儿，上级派来的那位参与整理烈士遗物的干事说，我要把它带回去，作为军区爱国主义教育的素材，相信自有它无法估量的作用！说着，他要从我手中接过纸条。

不！我在大喊一声的同时做出了一个举动，这个举动大大出乎所有人的意料，我把那张欠账单据几下子就撕了个稀巴烂，一甩手把碎纸屑抛向了空中。

碎纸屑像是片片雪花，被风吹着，在空中飞着，旋着，舞着……

士兵费阳

多年前的一个秋季的清晨，将要跃出的日头要比过去不久的夏季日头更加靠近东山的山峰北边。山上什么也不长，只有碱土和卵石混杂在一起，表面零零散散地长着一些骆驼草和刺牙子，这一点此刻正站在哨位上的士兵费阳心里再清楚不过，因为从他走进军营开始，东山一直就是他们连队进攻或防御等科目的训练场。

士兵费阳仰面凝视着东边天际，现在，那片天正慢慢由灰暗朝着灰白过渡，基本色调还是浅灰色，不过，那里很快就会变成浅红，彤红，随即，太阳就会在燃烧般的晨霞中隆重跃升。

费阳守卫的是周围用石头砌成高大围墙的军分区大院，贴着围墙是一圈高大的白杨树，一有风吹草动白杨们就会稀里哗啦地响起一阵击掌声。此刻离起床号通过安放在俱乐部房顶上的高音喇叭响遍分区大院还有一段时间，分区大院暂时还是一派安宁寂静。费阳旋动一下胯上的手枪和身上的手枪背带，为的是让自己稍稍放松一点，更加舒服一点。整个一班哨的时间长达两个小时，大门口一侧的值班室里，放有哨兵在夜间可以稍事休息的椅子，可费阳没有进到里面半分钟，他觉得，哨兵就

是哨兵，如果哨兵随便离开哨位，哨位就会空掉，军事机关就丧失了严肃性，那样的话，他就称不上是一个合格的哨兵，而是老兵十分鄙夷的稀拉兵。

费阳刚接哨没有几分钟，接下来还有将近两个小时的时间才下哨，虽然费阳不再像以前那样在这个时候站到哨位时很激动，但他还是亢奋地正了正军帽，将武装带扎得炸起来的军装下摆拽直，尽管眼前没有镜子，费阳凭借当兵以来养成的素养，也知道自己基本上是一个无可挑剔的哨兵。

一抹朝霞染红了山顶，似乎是为了迎接朝霞的降临，一阵庄严而嘹亮的起床号声骤然在分区大院的上空响起。再过一会儿，就是家在外边的军官们进大门上班，家在大院内的家属子女们出门工作的时间了。士兵费阳稍稍侧脸看了看经过大门这条柏油路的两端，暂时还算清静。别急，要沉稳，士兵费阳在心里对自己说，你一直就是个不错的士兵，你会让所有经过这座大门的人为你自豪！

于是，士兵费阳又挺了挺胸，这让他看上去比刚才挺拔了许多。

从黎明到天亮的两个小时，被哨兵们视为最煎熬的一班哨。那个时候，是躺了一夜的人们睡得最沉的一刻，也是最恋被窝的一刻，这个时候被拽出被窝的人，脑袋浑浑噩噩比个大铁球还沉，稀里糊涂比一桶糨糊还混沌，五迷三道比吃了一大把瞌睡药还迷糊。许多士兵在熄灯后都在心里默默计算着自己上哨的班次，一旦掐算到自己恰好赶上这班哨，只好自认倒霉，赶紧按照老兵教的办法，数着数字让自己入睡。

士兵费阳从新兵连下到警卫连的时候跟别的士兵一样，也不喜欢上这班哨，但这样的哨时仅仅站了两回，费阳就已经喜欢上了这班哨，他把这种喜欢暗藏在心底，变成了一个属于自己的秘密。

那是一个初冬的黎明，开饭号已经吹过，身穿绒衣绒裤，外罩新涤卡冬装的费阳犹如一株挺拔的松树，尤其是人称三点红的领章帽徽，更像正在怒放的石榴花，将入伍不久的士兵费阳装扮得如玉树临风般洒

脱，让清早起来锻炼的人们不禁看了一眼又一眼。哨上到一半时间，在分区大院上班和到市里工作的人们开始陆陆续续进出大门。士兵费阳认真地履行着哨兵的职责，在查看了出入证后，是军人的，费阳一个敬礼后放行，是家属子女的，费阳也礼貌地后退一步颔首礼送。

记得她是在费阳刚刚放行过一位首长后紧接着就出现的。天生丽质的她推着一辆二六型曲杠女车，一双乌黑的大眼睛水灵灵的，长长的睫毛往上弯着，是那种天生的笑眼，一米六五左右的个头儿，修长的瀑布型披肩发，穿件抹腰绿色薄呢上衣，带点小喇叭的筒裤，跟儿像小拇指头般粗细的高跟鞋。等费阳发现她含着笑意走向自己的时候，紧张得心跳一下子加快了许多，喘气也有点不均匀，浑身汗津津的，士兵费阳张皇失措，竟冲她行了一个标准的军礼。

嘻嘻嘻，那美女高兴地笑弯了腰，等她一甩秀发，直起身再次用黝黑的大眼看着士兵费阳时，费阳已经恢复了平静，笔直地站回到自己的哨位上了。

你这个小伙子有意思，我又不是你的首长，干啥给我敬礼呢？

这个……，士兵费阳脑子飞快地想了一下，不无辩解地说，这是礼节。我是新兵，对第一次遇见的客人，都要敬礼的，这是上级给我们规定的。

是吗？美女推车来到大门外装作把自行车往地上扎，说那好，我今天也不上班了，就在这里看着你是不是对所有不认识的人挨个儿敬礼。

这个……费阳嗫嚅着涨红了脸，不满地用白眼珠扫了她一眼。

嘻嘻嘻，我不过是逗逗你罢了，你还当真了！这下那美女得意了，她嘻嘻地笑着，风姿绰约地骑上自行车，撳响一长串清脆的铃声，消失在上班的人流之中。

再次遇见那位姑娘已是三天之后的一个星期天的早晨了，当那位美女再次出现时，士兵费阳本能地想躲，但哨兵的职责把他牢牢地固定在那个周遭划着红白竖线以示警戒，约莫 30 厘米高的狭小圆盘上。她穿

着一身玫红色运动装出来跑步。分区大院里晨跑的人通常穿过大门口，沿着一条通往东山的马路跑到那座铁路桥前，再折返回来，在大门口一箭之地放松一阵后，再各自回到家中。她自然也跟大家没有什么不同，只是她的出现让那会儿站哨执勤的士兵不由自主地打起了精神。

在接近大门口的时候她放慢了脚步，费阳原本是准备目送着她出大门的，可是士兵费阳却惊奇地看见，她在即将通过的时候却突然停了下来，且笑微微地直冲着自己过来了。

给，她冲费阳张开一只手，手心里卧着一枚彩色的方形口香糖，你站岗辛苦了，慰劳一下你这位解放军战士！

不，士兵费阳倒把脸高高地仰了起来，我正在站岗，站岗期间是不允许吃东西的。费阳站着没动，却看见那块彩色口香糖和那只张开的如玉般的小手，黄绿两色的口香糖在晨光的映照下格外夺目好看。

含在嘴里没事儿的，女子说，只要你嘴巴不动就没有人会看得到。人家美国大兵什么时候嘴里都咀嚼着口香糖，就连打仗的时候也一样，那样既减轻疲劳又益于身心健康，说着硬把口香糖朝费阳的一只手里塞过去。

突然，接过口香糖的费阳有点紧张起来，他看了一眼通往分区大院的柏油路，对那个漂亮的姑娘说：谢谢你了，你走吧，你在这里会影响我执勤。说着费阳抬手抹了一下自己的额头。

跟我说话你很热吗？女子又嘻嘻地笑开了，却没有走开。问你件事情，漂亮的女子说，你看过上周六俱乐部里放的电影了吧？

看了，怎么啦？士兵费阳说。

你对那个隐藏于敌军指挥部的地下党怎么看？

他很沉着机智，对解放上海立下了大功。

你知道这个人是谁吗？

嘁，士兵费阳撇了撇嘴，早就听说了，他的原型不就是我们分区的前任司令员嘛，现在还住在我们分区大院里头呢！

哟，这你都知道呀。女子光洁的脑袋一歪，可你知道他是我什么人吗？

是你什么人？费阳奇怪地瞪着美丽的姑娘说，我不知道，我只知道作为一名士兵，我要站好自己的岗，放好自己的哨。

嘻嘻嘻，漂亮女子笑了笑说，你这个战士真好玩儿，嘴还挺贫。说着她曲起胳膊，脑袋往前一探，带动身体小跑着穿过大门，沿着通往铁路桥的马路去了。

士兵费阳看着她跑远了，这才把攥得几乎出汗的口香糖放进嘴里，那是士兵费阳平生第一次吃到这种东西，它酸酸的甜甜的，还有点黏牙，在一种说不出的感觉中，费阳看到太阳爬到了东山顶上，照得分区大院里的白杨树红彤彤的，微风吹着，没有飘落的树叶一闪一闪地映射着彤红的晨光，互相拍击着发出欢笑般的哗哗声。

费阳来自中原腹地一个极其寻常的农村，初中毕业后闲在家里没事可干，一天到晚牵着那只叫花面鬼的羊在河坡里晒太阳。一天，父亲对儿子费阳说：听说部队要招兵了，不行的话你去当兵吧，你就这样整天在家里窝着也不是个事儿，到部队说不定还能混个志愿兵什么的，咱大队不是有两个都在部队上转了志愿兵了吗？后庄的那个复员后在县城开了个汽车修理店，挣大把的票子，东庄的那个在省城找了个对象，留在了城里，现在也成了一家宾馆的经理，再也用不着回咱农村打牛腿了。费阳也想到了这一点，但每年招兵公社顶多给大队一两个名额，很多关系硬的人都盯着呢，根本轮不到自己，就对父亲说，当兵好是好，我也想去，但就怕我想瞎眼也轮不上我。

这你就不要管了，父亲说，我会叫你当上这个兵的。

第二天早上起来，费阳就没再听见屋山头自家羊圈里那只一岁半公羊咩咩的叫唤声，费阳有一种不好的预感，咱家的花面鬼呢？费阳焦急地问母亲，母亲说：花面鬼被你父亲送给支书宰了喝酒了。花面鬼是费阳从小放大的一只母羊的后代，费阳已经弄不清花面鬼到底该叫那只早

就消失了的母羊奶奶还是祖奶奶，抑或是太奶奶。看着空下来的羊圈，费阳心里有一股说不出来的酸楚感觉。

在费阳穿上一股樟脑味的新兵服装的那天，父亲领着费阳去感谢村支书，支书吸着他们递上的红梅香烟，眯着眼睛得意地对费阳说：小子，原本你是在头一遭就被体检刷下来的，因为你把一瓶酒精说成了醋，是我跟体检的医生赔了半天好话，说乡下的孩子没见过这么大的阵仗，临事有点慌张，说错了嘴儿，这才把你保下来的。

费阳父亲一连说了许多个是是是，还嘱咐费阳千万不要忘记了支书的大恩大德，将来有出息了，请支书喝酒，喝最贵的酒，吸最高级的烟。

支书对费阳父亲的话撇了撇嘴，没有接茬儿，而是拍拍费阳的脖颈说：这回接的是北京卫戍区的兵，那可是在首都，只要好好干，说不定就留在北京了，真到了那一天，别在北京街头见了你这个老叔当作不认识就行了。

他敢，费阳父亲上赶着说，如果真有了那一天，就是撵到金銮宝殿上我也要打断他一条狗腿！费阳看看支书，又扭头看看父亲，不知道两人到底在他眼前演的是哪一出。

支书说的没错，那年费阳这批兵的确是准备进京的，但由于当年他们那个地方流行过一阵子霍乱，结果在新兵起运之际被改变了原来的计划，改送到现在的这个军分区来了。后来，士兵费阳在站哨的时候偶尔回忆起自已到部队前父亲说过的转志愿兵的话，他知道父亲的希望肯定会落空，原因不是他表现得不好，而是他们这个连队已经几年没有提干转志愿兵的事情发生了。

但是他品味到了以前从未品味到的口香糖的滋味儿，而且都是那个漂亮的女子在他站哨的时候经过时，多次悄悄塞给他的。

命运似乎对士兵费阳还是青睐的，它就在看似完全没有征兆的时候，朝着费阳抛出了橄榄枝。

机会是在士兵费阳当兵第三年的那年春天出现的，根据全国大裁军的要求，费阳所在的连队要裁减，仅留不到10个人的警卫力量。为了保证官兵退伍后没有后顾之忧，在当地政府的协调下，这些退出现役的人员就地转业，充实到一个刚刚组建的劳改支队担任狱警或劳教工作人员。得到消息的连队官兵纷纷写下申请书递交到指导员那里，表示积极响应军委大裁军的号召，到人民最需要的地方去。分区首长知道情况后大为光火，责令连队在全连进行教育和整顿，直到官兵服从大局，一切听从于组织的安排为止，否则连长指导员一块儿降职处分！两个主官不敢怠慢，分头找大家谈话。

士兵费阳被分到连长这一拨进行谈心工作。

那是个艳阳高照的上午，连长找到正在哨位站哨的费阳，让他从执勤平台上下来，说自己有话要跟他讲。士兵费阳跳到地面，看见蹲在地上的连长手里执着一根树枝在地上写写画画。过了一瞬连长说：这次裁军是中央军委的重大决策，是为了适应我军现代化建设的需要，在这次大裁军中，我们连队也要……士兵费阳果断打断了连长，说：连长，这些个大道理你和指导员在会上都说过了，我懂。你想说什么就直接说吧，我听着呢。连长霍地站了起来，说：那好，我就实话实说。关于连队大部分官兵的去处你也可能听说了，但并不是所有的人一个不留，军分区的警卫还要有人来担任，公差勤务也还要士兵来完成，关于走与留的问题，你是如何打算的？

我不想走。停了一会儿，费阳低声地对连长说。

连长一愣，定定地看着士兵费阳，似乎不认识这个自己带了将近三年的士兵。啥？连长说，你说啥，你再说一遍！

连长，我不想走。士兵费阳说道，我也知道这次复员对我们每个人都是千载难逢的机遇，但甘蔗不会两头甜，我喜欢这身军装，喜欢这鲜艳的三点红，我想能多穿一天是一天，直到没有权利再穿的那一天。

那你的意思是……

我想留下来，连长。士兵费阳含着泪对连长说，我也说不出什么大道理来，就是从内心里喜欢当一名解放军战士，在这三尺平台上站哨执勤。

好小子！连长一下子搂住士兵费阳……

半个月后，细心的人们发现，在哨位站岗执勤的人员频率成倍地提高了，他们一天不知要上几次岗，那些早上进出大门的人见到的士兵，说不定晚上下班时他仍在哨位上。当然，并不是他们一直站着没动，而是警卫连变成了警卫排，人数一下子少了好几倍，站岗的人自然换得也就频繁了。

士兵费阳觉得，辛苦是辛苦了点，可是他获得那酸酸甜甜的滋味的频率也大大提高了，他辛苦并快乐着。

几个月后，士兵费阳复员了，他在摘下自己的领章和帽徽的时候流下了眼泪，并用手绢把领章帽徽严严实实地包裹起来，掖进了捆扎好的背包里。

运送退伍老兵的大巴车经过军分区大门的那一刻，老兵费阳的心突然狠狠地一趸，他心里明白，当兵三年来，自己作为一名不错的士兵问心无愧，但内心深处隐隐觉得还是有自己对不起的人——

除了父亲，还有谁呢？

石　羊　群

一

镇子的西头有一群羊，全都是白色的，它们似乎不是把头扎在茂密的草丛里，而是深深地扎进泥土里，因为这些羊都高高地撅着屁股，看不见一个羊脑袋。这些羊在镇子西头待了恐怕不止几百年了，怕是这个镇子还没有的时候，它们就已经在那里了，所以镇子里没有一个人能够说得清，这群石头羊到底待在那里多少年了。

这群石头羊，总有几百只，但到底是几百几，没有谁能说得清，镇子里有不少的人是数过的，但奇怪的是，没有一个人能够数清楚过，或许它是全镇人心里的一个秘密，是人们故意这么干的。反正是，所有镇子上数过的人里，他们给出的数字都不相同。又好像，这些羊不是他们某个家的，对与错、多与少并没有人在意，更没有必要较这个真，反正谁也没办法把它们赶到自己家里去，就是能够赶回家里去，除了占地方，又有什么用呢？他们一想到这里，会不禁哑然失笑，为自己这个有趣的想法得意。

可是有一天，镇子里出现了这么一个人，他真的想把这群石羊赶回自己家，当然，他没有真的举着皮鞭去赶它们，要想把这群羊赶到自己的院子里，别说用皮鞭，就是用钢丝鞭赶都赶不走。一个产生这种想法的人，自然也不会傻到这种地步，何况这个人还是镇子里出了名的有钱人的孩子，还是个出了名的聪明人。他对这群石羊采取的方法很妥当，谁都说不出二话来，他用的态度很恭敬，是“请”的态度，那可是对待上仙的态度，他是怎么请的呢？就是用车拉，用镇上唯一的，看上去憨头憨脑、走动起来打摆子一样的胶轮拖拉机。

这个人叫艾尼丸尔。而且，这个想法在艾尼丸尔的脑子里产生已经有一段时间了。

那天，艾尼丸尔一打开门，就看到了处在半空中的穆兹塔格仙女峰，仙女峰面朝东方的峰巅发出无比灿烂的彩光，那彩光呈赤橙黄绿青蓝紫，交相辉映，轮番更替。听镇上的老人们说，这样的景象多少年都很难出现一次，有的人一辈子都没看见过几回，如果谁有幸看见了七彩光，就预示着看见它的人要交好运了，如果这个人在这一天里要办什么事情，就会得到仙女神的帮助，一路顺畅无比。

艾尼丸尔就想到了自己的老同学沙特尔。多年前，镇子上还没有高中，只有一所初中，两人初中毕业后，迷茫了一阵子后，就被生活的激流裹挟而去。艾尼丸尔跟着父亲学经商，那是镇子上的供销社，被艾尼丸尔的父亲承包了，艾尼丸尔跟随父亲经常下山进货，认识了不少人。而沙特尔呢，不愿像自己的祖祖辈辈那样，只会进山放羊，跟在季节的屁股后头，山里山外地转场，除此之外啥也不会，后来进了镇上的农机修造厂，由一个什么都不懂的学徒工，慢慢地学会了修理机器，开拖拉机。三年前，有一家铜矿进了大山里，开采矿石，沙特尔就找到艾尼丸尔，说艾尼丸尔路子广，求他找人说说情，他要给矿上的老板打工，开着自己买的拖拉机，给矿上拉运矿石。碰巧的是，不久前艾尼丸尔下山进货，跟内地来的一个铜矿老板住同一家宾馆，而且是对门。在上下楼

的电梯里，铜矿老板主动递给艾尼丸尔一支烟，两人就搭上了话，开始熟悉。老板得知艾尼丸尔就住在矿址附近的山里，很是高兴，说自己要进山开矿，免不了要麻烦当地政府和老百姓，到时候呢，请艾尼丸尔为自己牵线搭桥，提供方便，化解可能出现的纠纷等。艾尼丸尔爽快地答应了，两人还互相留了电话。沙特尔找到艾尼丸尔，把自己的想法一说，艾尼丸尔就拨通了老板的手机，没想到人家马上就答应了，给的报酬还相当丰厚。此刻铜矿正开得如火如荼，正是缺少人手的时候，何况沙特尔还开着自己的拖拉机。三年下来，沙特尔就成了镇子上的第二个有钱人了。

艾尼丸尔找到沙特尔的家，沙特尔正站在院子里，肩头搭着毛巾，一手执着壶撒，互相交换着往手里浇水，呼呼噜噜地洗脸，见艾尼丸尔来了，连忙擦干脸和手上的水，跟艾尼丸尔拥抱在一起，双方用力拍着对方的后背，说着祝福的话。

两人坐下来寒暄了一阵儿，艾尼丸尔就提出了要借用沙特尔的拖拉机的事情，沙特尔右手握成拳头，击在左手掌心里，发出“啪”的一声响，说：“什么大不了的，我亲自来给你当司机！”

艾尼丸尔笑了，说：“就你那辆老爷车，走起路来哼哼唧唧的，你不开，还真没有第二个人有胆子开。”

两人是多年的同学加朋友了，想说什么就说什么，没有谁会计较，沙特尔一笑，说：“别看我这拖拉机样子难看，但心脏年轻得狠，攒劲着哩。”

两人约定好时间，在什么地方碰面，艾尼丸尔就走了。

全镇上的人都知道，是哈丽丹的到来，才使得艾尼丸尔的行为变得古怪起来，包括要把那群石头羊赶回家这样的事情。

二

哈丽丹是位漂亮的姑娘，人称“黑牡丹”。哈丽丹原本不是镇子上

的人，而是那个远得一听见名字，小镇人都要肃然起敬的城市里的人，这个城市叫乌鲁木齐，听说那里的人一个比一个有钱，一个比一个牛。好多年前，也就是中华人民共和国刚成立后不久，小镇曾经发生过一场战斗，从天山北麓仓皇逃窜到小镇的土匪，被解放军围在小镇子上，战斗打得很激烈，枪炮声响了一夜，最后土匪被全歼。在那场战斗中，哈丽丹的爷爷起到了决定性的作用，因为他是解放军潜伏在土匪当中的卧底，详细而准确的情报，让解放军神不知鬼不觉地将土匪包围得水泄不通。爷爷后来从部队转业到乌鲁木齐，退休前已是正厅级的领导干部。从岗位上退下来后，哈丽丹的爷爷患了神经官能症，加上时下汽车到处都是，使他整夜睡不着觉，嘴里一天到晚念叨的，都是那个地处昆仑山北坡的小镇。因为爷爷，家人虽然没有去过那个遥远的地方，却早就对小镇的静谧、人的善良、牛羊的肥壮了然于心。在有关方面的关照、家人的努力下，哈丽丹的爷爷终于实现了多年的夙愿，在离开家乡多年后，再次回到了日夜思念的小镇，住进镇上为他腾出的房屋里。那是几间靠近镇政府的砖房，在哈丽丹和爷爷住进去之前，镇上专门进行了全方位的粉刷。

一回到小镇，爷爷身上所有的不适都烟消云散了，甚至还哼起了小时候就学会的牧羊曲。有一天，爷爷对陪同自己来小镇的孙女说：你回去吧，公司里那么多的事情，你一来，还不都乱了套。哈丽丹笑了，对爷爷说：地球离了谁不转呐，放心，都安排得好好的了。哈丽丹是爷爷的掌上明珠，从小就跟着爷爷奶奶生活，就连户口都跟着爷爷奶奶，一会儿见不着孙女，老人就会不得安生，直到哈丽丹出现在他的面前。后来奶奶过世了，哈丽丹就更是爷爷须臾不可或缺的拐杖了。看见爷爷来到小镇后，犹如焕发了青春，每天爬山、散步、做俯卧撑、跟牧民交流、关心小镇的未来建设，什么毛病都没有了。哈丽丹心里明白：想让爷爷再离开镇子回乌鲁木齐，回到济济一堂的儿孙们面前，恐怕是不可能的了。于是她打电话给自己的老板——乌鲁木齐一家经营跨国旅游公

司的大姐，说自己准备在镇子上陪爷爷一段时间，自己的工作先让副手顶着，反正山下的县城有飞机，每个礼拜往返乌鲁木齐好几班呢，说回去就回去了，便利得很。大姐知道哈丽丹跟爷爷的感情有多深，再说爷爷身边还暂时离不开一个贴心人的悉心照顾，就答应了。临了还打过来一笔钱，要哈丽丹把住所好好修缮修缮，千万别委屈了爷爷跟自己。

哈丽丹呢，做好了长住一段时间的准备，因为她在镇子上的学校里为自己找了个代课老师的差事，山上因为交通不便，老师缺乏，哈丽丹的到来，自然受到学校的热烈欢迎，因为山上还从来没有过像哈丽丹这样高学历的老师呢。哈丽丹这样做，当然不是为了一份工资，也不仅仅为了照顾爷爷的生活，在这里住了一段时间之后，哈丽丹发现，这个地处深山的小镇，简直是人间天堂，空气纯净，也没有山外世界乱七八糟的污染和嘈杂。一直以来，城里人都是以自己的生活便捷而自豪，吃水有自来水，冬天有暖气，休闲有公园。殊不知，小镇简直就是仙境般的一颗明珠，它的四周是天然草场，盛开着金灿灿的草原菊，篮莹莹的马兰花，一朵朵的白云在头顶优哉游哉地飘移。山顶竟是一池千年不竭的泉水，这泓圣水沿着弯弯曲曲的山间小沟，流到牧民的厨屋床前，就如同扯了无数根纤细的线，把圣水跟一家家居民连了起来。最令哈丽丹觉得奇怪的是，有些牧民的定居点明明高出水线很多，可那些水照样汩汩不断地流到人们的家里。哈丽丹百思不得其解，觉得小镇真是神奇，难怪爷爷一离开岗位就对小镇日思夜想，看来这里果真是处世外桃源啊。

当然，小镇吸引人的神奇去处远不止神泉一处，还包括不远处的那条玉石沟、一公里左右的淘金洞、预示吉祥如意的金色雪峰、那群默默吃草的石羊等等。神泉在远处的山顶，哈丽丹暂时还只能“高山仰止”，因为她还没有机会到达那里过，镇子上的人告诉哈丽丹，神泉不是轻易想见就能见的，看神泉的人在去山顶之前，要沐浴熏香，面南祈祷，保证身净心净。至于其他景点，哈丽丹计划等自己慢慢考察过以后，做个计划，将来完全可以打造成为一条吸引国内外游客的旅游黄金

线，这自然是后话了。而镇子西头的那群石羊，哈丽丹倒是一有时间就去看一看，一个人跟它们交流，说些悄悄话。有一次，哈丽丹抚摸着一尊“领头羊”似的石羊说：

“谁能把你们这些石头羊赶回家，我就佩服他有本事。”

说完，还陶醉般地“咯儿咯儿”地笑了起来。

不料，哈丽丹这句话被悄悄跟踪而来的艾尼丸尔听到了，艾尼丸尔不仅听到了哈丽丹的这句话，他还对哈丽丹的这句话做出了自己的诠释，那就是：“谁要是把这些石头羊赶回家，我就嫁给他。”

三

第一次见到哈丽丹，是一天早上，艾尼丸尔到朋友家里玩儿。

小镇很小，就两条街道，呈“凸”型，一条是从山下进入小镇的道路，另一条顺着山势而下，跟上山街道的连接处，就是哈丽丹当代课老师的镇学校。在这之前，关于一位曾经走出小镇的高官落户小镇的消息，艾尼丸尔也听说了，也听说了有位陪同高官来小镇的漂亮孙女。一向高傲自负的艾尼丸尔觉得，现在的人喜欢矫情，尤其是那些大人物，爱做些亲民近民的动作，说穿了就是惺惺作态，出于宣传的考量。就说小镇上来的这位大人物吧，很可能是听够了大都市的喧闹，知道小镇是一处清静淳朴、世上为数不多的纯绿色之地后，才回到离开几十年的山里的。至于高官的孙女，人们盛传她漂亮，其实，无非是穿着打扮入时罢了，还有就是小镇人对来自大城市人的“仰望”而已。至于她留在小镇，无怪乎就是对山区怀有一种好奇感、新鲜感，等她住上几天，好奇心过去，自然会耐不住寂寞，很快就会在小镇消失得无影无踪。

可是，令艾尼丸尔没想到的是，在见到哈丽丹的瞬间，他的自信就土崩瓦解了。

从父亲承包的、地处镇子中间的镇供销社里出来，艾尼丸尔就看见一个气质高雅的女子，正带领学生玩儿一个游戏，不过，与其说是游

戏，倒不如说是她跟学生们用这种办法，印证那句山下人对小镇的说法。一提到小镇的小，人们都会说，拿一只馕，站在街道的一端往另一端滚，还没等你回过神来，就到了街道的另一头了。此时此刻，女老师叫一名女生跑到镇子的一个高坡儿上，从街道中心，将一只馕样石片像小孩儿放铁圈儿一样，让石片儿飞速滚下来。结果，那只石片儿总是在半道上拐了弯儿，还差点儿没有落到“哗哗”奔涌的山泉水渠里，女老师和同学们乐得“哈哈”大笑。艾尼丸尔看呆了，跟魔怔了一样，站在原地一动不动。他的怪异引起孩子们的注意，就拽拽老师的衣服，示意她注意大门外呆鹅一般的艾尼丸尔，其实，哈丽丹早就注意到这样一个小镇的青年了，她笑嘻嘻地看了艾尼丸尔几眼，朝艾尼丸尔摆了摆手，扭身走进教室里去了。艾尼丸尔的心犹如受到电击，灵魂早飞到了九天之外。事后，艾尼丸尔使劲回忆女老师冲自己摆手的情景，她的手不是举得高高的，而是随意地垂搭在腰际，纤细的五指微微翘起，张开，微风吹送的一样，左右晃动了几下，朝艾尼丸尔招呼示意。也就是这几下，那种天仙般的温柔、大都市女子的开放、知识女性的落落大方、见识不俗的自信，惊得艾尼丸尔天旋地转。

自从艾尼丸尔家成了镇子上的首富，自从艾尼丸尔长到成年，没少有媒婆迈进他家的门槛儿，更没少有多情的姑娘对艾尼丸尔眉目传情，就是下山进货，在县城歌舞厅跟无数靓丽的女孩子“歌舞际会”，也没有碰上哪怕是让艾尼丸尔稍稍惦记上一天半天的姑娘的。没想到，自己梦中见过无数次的心上人，她就在咫尺之间的地方，为了自己的大意，也为了自己可笑的狂傲，艾尼丸尔懊悔得几乎抓狂。

早该注意一下学校的，你却偏偏视而不见！

好在，艾尼丸尔是个知错就改的人，“我得把她盯紧了！”艾尼丸尔心里当时就发下誓言说。“她就是我的——不，她肯定就是我的！”艾尼丸尔这么坚定地对自己说。

确定了自己今后的努力方向，艾尼丸尔就成了一个全天候侦探雷

达，悉心地收集着有关哈丽丹的点滴信息，好在镇子不大，哈丽丹的日常行径几乎都能够为艾尼丸尔所掌握。

这天，山下来了几辆轿车，从车上走下来几个气度不凡的人，他们在小镇上挥舞手臂，指指点点。据说这是一个什么工作组，由州、县两级主要领导陪同，他们依次视察了镇上的地毯厂、养兔场、水利工程、义务教育等。原定当天下山的，谁知半下午的时候，几团乌云从山里涌出，几阵山风吹过，就开始下起了雨，雨虽然不是很大，但山高路滑，为了确保上级领导的生命安全，他们只好委屈着在镇上住了下来。小镇人原本就好客，加上这些远道而来的客人又是大地方来的，他们杀鸡宰羊，奉上当地最好的玉沙泉酒。吃罢有名的昆仑山手抓羊肉，喝了酱香醇厚的玉沙泉酒，客人们原先端着的神情放了下来，因为接下来就是一场载歌载舞的"麦西莱甫"了。为了让客人玩得尽兴，镇上事先约好了一些青年男女，哈丽丹和艾尼丸尔自然也在受邀之列。那是艾尼丸尔第一次跟哈丽丹近距离接触，他接连邀请哈丽丹共舞，根本不给旁人机会，更不顾及别人的感受。艾尼丸尔的表现让在场的人看不下去，难道你想独霸这么一位貌若天仙的都市美女不成？工作组的人也看到了这一幕，只是用那种见过一切的神情笑了笑，完全一副毫不在乎的样子。镇政府的人员对这个自以为是且过于霸道的家伙有点恼火，镇长示意秘书出面干预，秘书就在每一次音乐响起的同时，在哈丽丹跟客人中间穿针引线，把艾尼丸尔晾在一边，气得艾尼丸尔的牙根儿都是痒的。

舞会结束的时候，雨水早已经停了下来，天空变得灰白灰白，可以看见远处半空中雪峰的雪线下降了好多，寻常就安静的小镇此刻显得愈加静谧。镇政府秘书要找人护送哈丽丹回去，被婉拒后，艾尼丸尔趁机上前，主动请求送哈丽丹一程。因为怕被拒绝，他还临时撒了一个小谎，说自己正好跟哈丽丹同路，想不到哈丽丹爽快地同意了，这让艾尼丸尔的心狂跳了一大阵。

走到半路上，哈丽丹突然提出了一个艾尼丸尔求之不得的要求，她

问艾尼丸尔，能否陪她到镇子西头的那群白羊群那里转一转呢？艾尼丸尔竟激动得一口气憋在胸腔处，没有及时说出“愿意”两个字，气得他差一点儿狠狠抽自己两个嘴巴。

两人来到白石羊群里，哈丽丹找到一个不高不低的石羊脊背坐下来，问艾尼丸尔，那天站在学校大门外盯着她看的是不是他？没等艾尼丸尔回答，她又说，你的舞跳得真好，比好多乌鲁木齐的小伙子都跳得好，跟在歌舞团练过一样的好。随后她又叹口气说，可惜小镇上没有一处跳舞的好地方，小镇碱大，一跳起舞来，碱就随着尘土飘扬，呛人不说，还影响人的身体健康。艾尼丸尔当时就在心底对着哈丽丹默默发下誓言：我一定在小镇建一处白色的住房，里边有一个很大的歌舞厅，地面使水泥抹好后，再铺一层地板砖，墙壁贴上墙面砖不算，还要挂上人工编织的挂毯，挂毯上绣着大城市里流行的卡通画面，让你在那里好好跳，跳个够！

哈丽丹正是在这个时候，用手抚摸着前头最高大的一只石山羊，再次说了那句让艾尼丸尔心旌摇荡的话。

艾尼丸尔第二天就组织人，开始往家“赶”石山羊了。

艾尼丸尔要盖房子，父亲不反对，孩子大了要结婚成家，没有像样的房子哪行，何况房料早就已经备下了；艾尼丸尔要在盖的房子一头加盖大一点的舞厅，父亲也没有表示不同意，因为未来的生活更好了，有个专门的舞厅，可以随时随地举办“麦西莱甫”，那时候，他就牵着小孙子的手，给来家唱歌跳舞的客人们倒茶续水。可是，当他听说艾尼丸尔要把小镇西头的石头羊群赶回家的时候，就再也坐不住了，他追到石羊群那里，拽着艾尼丸尔的袖子说：“石羊群在这里有几百年上千年了，从来就没有一个人说过要把它们赶回自己家的，它们是整个镇子的，不是某一个人家私有的。”沙特尔跟几个好哥儿们犟嘴说：“那是他们莫（没）本事，艾尼丸尔有本事，今天就要把石头羊赶回家试试！”

沙特尔话音未落，镇派出所的警察骑着偏三轮来了，远远地，警察就勒令他们住手，说是谁再动一只石羊群看看，他就把他当成破坏文物罪的罪犯给抓起来！艾尼丸尔一听，火气上来了，说什么不就是一堆乱石头嘛，我今天偏就弄回去了，看派出所到底能不能以破坏文物罪治我。说着，他夺过一个朋友手里的十字镐，就“咚咚”地猛刨起来。警察跳下三轮摩托，从屁股后头亮出手铐，上前就要铐的时候，镇政府秘书和哈丽丹也急急忙忙地跑了过来。哈丽丹的到来让艾尼丸尔一下子乖了好多，他气喘吁吁地站到一旁，不知道哈丽丹的到来，是阻止他做这件事呢，还是支持他做这件事。因为激动，他只是隐隐听到镇秘书对大家说，多亏了哈丽丹老师的建议，镇上已经规划了一条以小镇为中心的旅游金线，上面已经确定立项，等资金一到位，马上就动工兴建，石头羊群就是其中一处重要景点。因为据传说，这群石头羊是王母娘娘当年送给一个可怜的牧羊人的，这位牧羊人靠王母娘娘的神羊发了财，就将神羊一只一只地分给当初跟自己一样穷的牧民，从此以后，昆仑山里的牧民就有了属于自己的羊群。为了感念王母娘娘的圣恩，那牧羊人就按照当初王母娘娘送羊群给自己的场景，从远处的神山上运来这些神石，以示祭祀。

大伙儿一听，觉得这事儿似乎有点靠谱儿，就再没有说什么，纷纷离开了石羊群，而艾尼丸尔呢，似乎觉得哈丽丹也是不赞成自己这样干的，便就坡下驴，坐上沙特尔的破拖拉机，摇头晃脑地回去了。

当天晚上，艾尼丸尔跟几个朋友在沙特尔家喝了酒，因为白天的一肚子气并没有消掉，加上又多喝了几杯，回去的时候，艾尼丸尔就有点踉跄，一边走一边想：在这个小镇子上，真正的坏人极少，大慈大悲的好人也是少数，不好不坏的人占绝大多数。但，有一种人，如果真按好和坏归类的话，应该属于绝大多数当中，但却很讨厌，这个人不是别人，就是镇政府的那个总爱出头露面的破秘书。有好几次，艾尼丸尔去学校找哈丽丹，都被早已熟悉他的学生告知说，她到镇秘书的办公室去

了。就在他聚集人“赶”石羊群的前一天，艾尼丸尔没有在学校寻见哈丽丹——否则就不会出现早上那尴尬的一幕了——就来到秘书办公室，一进镇政府大门，果然看见哈丽丹在秘书办公室，两人在说着什么。秘书坐在自己的椅子上，哈丽丹则干脆坐到办公室的桌面上，不时地仰脸盯着一侧的墙壁。墙壁上挂着一个象征雄性力量的藏羚羊头骨，头骨上的两只犄角直指屋顶，靠在办公室另一端的两只资料柜上，还站立着秘书自己亲手制作的雪鸡、狐狸、鹞鹰等动物标本。在哈丽丹略具崇拜的目光中，秘书已经得意得红头紫脸了。艾尼丸尔躲在一片沙枣丛的后边，手心被沙枣刺儿扎得鲜血直淌，忍了好久，到底没有冲进去。

“不行。”艾尼丸尔心里说，“我得找他说清楚，哈丽丹是属于我的，任何人都不能跟我争。为了哈丽丹，我可以丢掉性命，可以挖去我的双眼，砍掉我的双手双脚，就是不允许别人打她的主意！”

艾尼丸尔来到镇政府院子里，秘书办公室里还亮着灯，听见敲门声，门开了，秘书一看是艾尼丸尔，而且喝得烂醉，就有点不高兴，说喝了点儿酒就应该回家好好待着，瞎转悠什么，我还有事呢，你回去吧。

“我找你说一句话，”艾尼丸尔呜呜噜噜地说，“一句话，就一句。”

秘书压着性子，对艾尼丸尔说：“好，我听着呢，你说吧，赶紧的。”

“她是我的，”艾尼丸尔说，“你……以后……离……离她远点儿！”

秘书觉得很好笑，冲着半山腰的月亮方向挥了挥手，说：“什么乱七八糟的，还你的我的，你有病啊你？”后边的话，秘书用的是嘲弄的话语说出来的，“也不撒泡尿照照自己是谁！”

听了秘书这句话，艾尼丸尔差点儿跌倒，不过就在要倒的一刹那，艾尼丸尔抱住了秘书的腰，等他再次踉踉跄跄地离开秘书的时候，秘书像一摊烂泥一样，缓缓地倒在办公室门口的地上。

“你说我有病？”艾尼丸尔嘟囔着说，“我就让你离她远点儿，告诉

你她是我的，你却说我有病……我看你才有病呢！”

艾尼丸尔没有走到自己的家，就倒在一个人家的围墙一角睡着了，他睡得很香，还做了一个梦，梦里，他家的新房盖好了，房里房外粉刷得雪白，尤其是那个客厅，又高又亮堂，他和哈丽丹在客厅里跳舞，没有别人，就他两个，陪伴他俩的，还有门外一院子的石头羊……

军营笔记

一、敬礼

李佳明 20 岁那年，不得不将自己一颗燃烧得像头顶那枚鲜红的五星一样的青春之心，深深地掖藏在碧绿的涤卡军装下面了。

并非因为丛慧君是军分区一位首长的女儿，虽然高中一毕业的她，就在这个城市的市委机关当了一名干部。

而李佳明是一名警卫士兵，条令明文规定：士兵不准在当地谈恋爱。而这条规定对于来自农村的兵来说，就等于告诉他们：不许跟当地的女孩子接触。

那天，是李佳明从新兵连分到警卫营的第一次执勤。当时，一轮夕阳正徐徐落下。西天的云朵被烧得彤红，就连营区大门两边高耸入云的白杨树也似乎在熊熊燃烧。就在李佳明挎着手枪，扎着皮带，昂首挺胸，威武地站在哨位上，心里却在比较着自己的领章帽徽跟西天燃烧的云朵，哪个更红更令人心动的时候，他竟没有注意到，这时，天上的云朵中最靓丽的一朵倏然落到他的身边。

李佳明愣过神的同时，脸也“唰”地红了。

此时此刻，李佳明觉得自己的脸肯定赛过了佩带的领章帽徽，以及西天的云霞。

“新兵吧？”从慧君问了一声。但似乎不是跟李佳明说话，一双毛茸茸的大眼睛似乎不是看着已经成立正姿势的李佳明，而是漫不经心地看着哨位上方威严的大门穹顶。

她真漂亮，漂亮得李佳明的眼都不敢正视她了。不知是不是这个原因，对她的问话，李佳明竟哑然无语。

“给我敬礼。”从慧君有些严厉地说，“每回我来到哨位跟前就先下车子，后出示出入证，你却不给我回礼。”她那椭圆形的脸蛋儿上，一双清澈的大眼看着李佳明，乌油油的黑眼珠晃得李佳明汗水湿了军装。

“你又不是首长，干吗要我给你敬礼？”李佳明挺了挺腰身，似乎一下胆子格外壮了些。

“我是女性。尊重女性这道理你不懂？”从慧君当然不会被李佳明明显的故作镇定所忽悠，紧追不放。

李佳明的脸“唰”地一下又红又烫，手足失措，一只手只好将腰间的手枪在皮带上推来挪去。

忽然，从慧君“咯儿咯儿”一笑，带着从李佳明这个新兵那里得到的开心和胜利，骑上自行车回大院的家去了。

就在那次交谈后不久，李佳明在一次翻越障碍的训练中受了重伤，手术时需要输血。由于事发突然，连里没来得及组织输血的人手。偏巧从慧君陪一个姐妹到卫生队看病，一看李佳明被抬进来，加上她跟李佳明的血型吻合，硬是坚持让卫生队抽了自己的血。李佳明当时已处于昏迷状态，自然也就不知道是从慧君为自己输的血。

等李佳明后来知道此事的时候，时间已经过去一年多了。

那阵子李佳明参加军校的招生。为了保证能考出好的成绩，营区办了个报考骨干文化知识培训班。李佳明卫生队的同年兵孙栋也参加了。

为了背诵很多概念和理论知识，他俩经常围着那条鱼背状的马路溜达。一次，孙栋回卫生队办事，归来后一直用那种奇怪的眼神盯着李佳明。李佳明感觉到了这个怪怪的现象，问孙栋怎么用这种目光看自己。孙栋说，在卫生队，他遇见丛慧君感冒抓药。她一看见孙栋就问：“警卫营那个跟你一块儿培训，有时比你高，有时又会比你低一点儿的小伙儿叫什么？”

“营区当兵的这么多，你怎么肯定她问的就是我？”李佳明多么盼望丛慧君打听的那个人就是自己啊，可他又故意装作毫不上心的样子。

“你这人真是，”孙栋不高兴了，“别忘了，你的身体里还流着她的血液呢！”

“啊？！”李佳明这才知道，原来他们两人之间还有这段渊源呀。

接到军校入学通知的第二天，李佳明上夜里的最后一班哨。说是夜班哨，其时天光大亮，太阳已经从东边的那个山坳里露出了霞光，一道道橘红色的巨剑直射天宇，城市也已从夜间的沉睡中苏醒过来。鸟儿隐藏在茂密的树林里啁啾欢闹。这是一曲多么让人陶醉忘神的欢快乐章啊。

李佳明心神不宁地朝那个拐角处张望，果然，丛慧君骑着车子准时出现在每天上班的大院拐角处。那天丛慧君穿的是一袭素淡雅致的碎花连衣裙，弯曲下披的波浪长发，月牙般的眉毛，浓浓的睫毛，挺得高高的胸脯……李佳明稳健地将挺拔的军姿正了又正。

30米，20米，15米，10米……就要快到哨位跟前了，忽然，丛慧君一个闪失，“咣——”的一声，连人带车撞到了马路边的路灯杆上。路两旁是半米深的路河子，她眨眼间就不见了。

李佳明真想一个箭步冲过去呀……可是，自己是哨兵，哨兵无权擅离哨位半步，哪怕掉进路河子的是丛慧君……

十秒钟的样子，丛慧君终于从路边露出了头，然后，缓缓地将车子送到路上，再沉着地爬上路面，校正好自行车把，微微地瘸着腿朝李佳

明走来。

她微笑着向李佳明出示证件，而李佳明的脸却憋得紫红，嘴唇发抖，他无论怎样就是说不出那句话。而那没出息的眼泪啊，在眼睛里转了几转，终于，还是滚落到了地上。

就在丛慧君要转身离开的瞬间，“唰!”的一声，李佳明举起带着雪白手套的右手，朝她敬了一个军礼。

李佳明想，那是自己参军以来，最潇洒，也最标准的一个军礼了。

二、潜伏

死神与陈凤翔擦肩而过。

陈凤翔觉得那家伙在溜过去的一刹那间，还回过头来着意地看了他一眼，然后才遗憾地摇了摇头，走了。

那一枪是在陈凤翔看到眼前一朵嫩黄的小花儿，一朵女友特别喜欢的花朵，从口袋里摸出一样东西，要将它打开的时候，胳膊不小心碰到身旁的一棵小树上，由小树的一声惊诧引来的。

有一枪打了过来。

既然死神都与自己擦肩而过了，陈凤翔就没有什么可怕的了。

“他妈的，枪法不错嘛。”陈凤翔嘀咕了一句，将一个精致的心型香包打开。里面镶嵌着一个姑娘的照片。那是陈凤翔在军校时谈的对象，一个像当红明星陈冲的女子。

此刻，这片南方亚热带的群山里，不时会冒出一两声枪响。枪声在崎岖复杂的山间跌跌宕宕地奔跑，忽然一下跌进某个深山峡谷里，消失了。

昨夜时分，陈凤翔和他的战友们悄然钻出蛰伏了好多天的猫耳洞，奉命潜伏在一片茂密的丛林里，做好了抓捕舌头的准备。

猫耳洞里光线一直不好，已经有一段日子没有好好地看看心爱的女友了。

日头在原始森林的上方热辣辣地晒着。树林里酽酽的潮湿形成的雾霭与瘴气像山妖一样无声地飘荡，或聚或散，好像对这里突然出现的一队军人感到突兀，惊恐，一派拿不定主意的游移神态。只有一丝偶尔在鼻孔前飘然而过的硝烟味儿，提醒你注意，这里是一片危机四伏的严酷的战场。

陈凤翔和战友们压低着脑袋，只让自己的目光扫视着前方大有深意的对方阵地。他们的目光像长满了触角似的，在它经过的地方迟疑地挪动着。在这雾气沼沼的山地中间，每一道缝罅，每一块暗处，每一个洞穴，每一片林子，每一堆草丛，都有可能躲藏着一支阴险而又无声地冷笑着的枪口。对手的眼睛紧贴在苏制精确瞄准仪后面，枪口那一圈白亮的光，轻灵而悄然地像蚊子那样哑然地搜寻着。

战友们感觉到了那蛇蝎一样无处不在的危险。

“怎么样，你也来欣赏欣赏?”陈凤翔小声地对一旁的战友炫耀地展示着那个做工精致讲究，散发着一股令人沉迷的香味儿宝贝儿。

“不错嘛——她是你对象?”

“废话。”陈凤翔把相片贴到嘴上嘬了一口，“这可是硝烟弥漫的战场，不是自己的心上人，谁能这样待她。”

“砰——”

又是一枪。陈凤翔觉得自己的耳垂被什么东西烫了一下，有些不适，用手一摸，耳朵还在。他高兴了，小声地骂对方说，“算你狠，看老子一会儿再找你算账。”

不过，这时候陈凤翔已经看清楚了，那家伙就藏在对面悬崖上的一个山洞里，洞口居高临下，分明已发现了潜伏着的小分队，并且占据着有利的观察和射击地形。洞前有稠密的树林和茂密的蒿草遮挡着。一棵草被飞出的子弹拦腰打断，极不情愿地斜靠在草丛里。

这是对潜伏分队的一个致命威胁，必须清除它。

陈凤翔把香包装进口袋里，同时也就顺过了冲锋枪。战友提醒他注

意前方。他把脸贴在了沁凉的枪面上，这种感觉真好，他就喜欢闻枪身上那特有的甜丝丝的金属味儿。陈凤翔在军校的时候就是好枪手，这次来前沿实习，就已充分得到了证明。他在品味着钢铁带给他的快感里眯起了左眼。

“砰——”

“砰——”

来自山洞的第三枪和陈凤翔的第一枪同时响了。

对面山洞里的敌人立刻破麻袋一样窜出来，摔下深深的山涧。

陈凤翔笑了。

陈凤翔看见有只美丽的蝴蝶正迎着阳光灿然飞去……

昆仑神曲

古尔邦节越来越近，小镇的上空飘荡着居民们又香又甜的烤制各类点心的味道。心灵手巧的若娴古丽将香酥脆甜的油馕、馓子、巴哈里等美味一一挑些出来，放进像月亮一样又圆又亮的银制盘子里。看了看犹觉不满意，就找来一只大海碗，将葡萄干、杏干、核桃、巴旦木装满一碗，仔细地在盘子里摞稳当了，朝李铭的住处走过去。所有看见若娴古丽手上盘子的人无不啧啧称赞，眼光皮筋儿一样扯不断。

盘子是若娴古丽的祖上传下来的，而爷爷的爷爷是个商人，在生意破产被债主瓜分财物的时候，他拼了性命只留下这只银盘，为此被债主当胸踹了一脚，不久吐血而死。临死前爷爷的爷爷一再交代，血可流命可送，唯有这只银盘不能丢。爷爷没有继承祖上经商的传统，而是当了一个地道的农民。若娴古丽自小跟着爷爷奶奶，爷爷十分喜欢这个像百灵鸟一样爱唱歌的克孜巴郎（女孩儿），在她出嫁的时候，将藏匿了好几十年的银盘交到孙女手中，说：有这个明亮的月儿陪伴着，我孙女儿的歌声一定会让听到歌声的小伙儿找不到回家的路。

正在宿舍里对着墙上的乐谱拉小提琴的李铭，刚闻到从窗户缝里

飘进来的香味，就听到了敲门声。若娴古丽那圆圆的脸上依然泛着苹果红，跟第一次见到她的时候一样。若娴古丽嘿嘿地笑着，等李铭找东西把自己的礼物盛起来。李铭找了半天，实在没有什么东西可用，就把一张旧报纸铺在桌子上。李铭连说了好几声“谢谢”，若娴古丽不高兴了，说你跟我还这么客气。若娴古丽刚离开，李铭就抓起一块巴哈里送进嘴里，他长长地“嗯”了一声，就幸福地把自己一头放倒在床铺上了。

他们是在乌鲁木齐市友好路下面的人行通道里认识的。那会儿李铭跟志愿团的同学们刚到乌鲁木齐，等待着往南北疆的各地州分配。李铭身上的钱花光了，他得想办法给自己弄些钱。来大西北前李铭就是音乐学院里“天籁之音”沙龙的掌门人，颇为其他学生歆羡。大学几年，所有的费用都是李铭做家教、打小工、站街头拉小提琴挣的，没跟家里要过一分钱。来新疆之前父亲找李铭谈话，说我还是那句话，我的钱再多也不是你的，你必须自己走自己的路，别指望靠任何人生存下去。李铭搂着哭得双肩一抖一抖的母亲，在母亲后背那里轻轻地拍了拍说：儿子大了就是小鸟的翅膀长全了，天那么高地那么阔，往后的日子就看我的啦。说完头也不回地走了。父亲掌管着一家大型建筑公司，流动资金好几个亿。自从李铭考上大学的那天起，父子俩就签了协议，李铭的学费生活费等一应费用全靠自己去挣，道理很简单，因为李铭已经成人了，今后的路是李铭自己的了。

李铭背着小提琴、提着一只破旧的啤酒瓶纸箱子，在一个漂亮的招生广告牌下摆开了场子。李铭不光会演奏各类乐曲，还会用小提琴跟往来的行人对话，他用小提琴对人们说了“你好”，又说“古得毛宁”，引得大家纷纷驻足，围观起来。人一多李铭的兴致就来了，他拉《梁祝》的《十八》相送，拉董文华的《长城长》，拉得最动情的要数阿丙的《二泉映月》，听得人们的眼泪都悄然流下来了，大家纷纷朝纸箱里投钱。一个姑娘大方得很，从包里摸出一张一百的大钞就

丢进去了，姑娘跟同伴离开的时候对李铭说：小伙儿人好琴好多才多艺，应该像郎朗那样在电视里演出挣大钱，在这里，啧啧，可惜了。同伴说你不懂，人家这叫行为艺术，是时髦。李铭一笑说谢谢。想不到有这么热闹，往来行人这么多，李铭拉得精神亢奋，从早上拉到半下午一点都不觉得累，也没进一口水一口食，从始至终李铭都没看纸箱一眼，他对自己充满自信。人行通道的灯亮了，过往的人少了很多，李铭这时才瞥了一眼装得满当当一纸箱子的钱币，同时觉得有些饿。李铭朝通道对面看了一眼，隐约觉得那位穿一条艾德莱斯绸裙的妇女都陪了他大半天了。她见李铭收了琴，就走过来“嘿嘿嘿”一笑，递给李铭一个月亮一样的饼子，一瓶矿泉水。那月亮一样油灿灿黄澄澄的饼子太香了，说不出的好闻，香得李铭的胃跟章鱼一样生出了无数的爪子，要将那喷香的《月亮》生生裹挟进胃里去。

“你的小提琴拉得太好了，真好听。”

李铭“咕咚”一声咽下一大口饼子，这才缓过神来问人家叫什么名字。她说她叫若娴古丽。若娴古丽接着问李铭会不会用小提琴拉她们南疆举行麦西来甫时的曲调，说着若娴古丽惆怅地叹口气说，她离开家有些日子了，多想南疆的麦西来甫啊。李铭作为学院里音乐沙龙的顶梁柱，自然知道麦西来甫是新疆一种传统民间娱乐形式，内容包括音乐、舞蹈、歌唱等；另外他还知道独塔尔、弹拨尔、卡龙琴、热瓦甫等都是十分神奇的弹拨乐器，充满着西域独有的特色。正是由于被这些神奇的西域乐器所吸引，他才选择了到新疆做志愿者。李铭最崇拜的音乐人就是王洛宾，发誓要像王洛宾那样做个真正的音乐人，谱写出人们喜爱的词曲来。

李铭看若娴古丽在那里伤神，就说既然想家就回去嘛，外面再好也不是长久之地。听到这里若娴古丽的泪水终于从眼眶奔涌而出。她说她有个儿子叫塔依尔，是个又听话又腼腆，学习成绩很优秀的孩子。半年前儿子得了一种奇怪的病，尿的尿像奶子一样又稠又白，等

过了一阵这些像奶子一样的东西就变得又像血似的鲜红了。她和丈夫都给吓坏了，赶紧带儿子到军区总医院住院，入了院后才知道儿子得的是肾病，幸亏治疗及时病情得到控制，眼下正处于康复期。丈夫在一个大山里当区长，工作很忙，一直由若娴在医院陪护儿子，几天前丈夫到乌鲁木齐开会，会后请假留下来照顾儿子几天。她以前从没来过乌鲁木齐，听说友好路是乌鲁木齐比较热闹的地方，就换身衣服，带上馕和矿泉水从医院大门出来了。想不到总医院离友好路十字路口这么近，就在她穿越地下人行通道的时候，李铭正在演奏《二泉映月》，若娴古丽长时间对儿子身体的担忧被李铭哀婉的琴声激发出来了，她只觉得身体深处有个地方一软，让她停下脚步听起来。李铭拉了一曲又一曲，若娴古丽也就听了一曲又一曲，不知不觉就是大半天时间。

李铭找了一家烩面馆坐下来，要了一碗烩面。在等饭的时候，他将挣的钱捋好后数了数，有 500 多块。等饭一吃完就打听着找到了若娴古丽儿子的病房。李铭把钱放到塔依尔的病床上，若娴古丽的脸就“腾”地一下红了，连忙把钱往李铭的口袋里塞，说好兄弟不要这个样子嘛，我只是觉得你的提琴拉得好才忘记了时间，再说塔依尔在学校是入了保险的，我们家的钱够花。后来看李铭的脸胀得比她还红才收下。

李铭听说若娴古丽的丈夫是在昆仑山里的一个牧区当区长，李铭高兴了，拉着区长的手说：大哥，我能去你那里工作吗？区长说北疆条件好得多，南疆太艰苦，将近 2000 公里的路呢，中间还隔着茫茫的塔克拉玛干沙漠，你受不了那个罪。李铭决心已下，对区长说你就等着吧，到时候我去找你。几天后塔依尔出院回小镇，李铭到小镇工作的申请得到有关部门的支持，于是他翻越天山，跨过沙漠公路，来到小镇。恰墙县城多小哇，李铭通过手机不费劲就把若娴古丽的丈夫找到了。去牧区之前，李铭先住在离若娴古丽家很近的出租房里，等

着进牧区的便车将李铭捎去。此刻小镇到处弥漫着节日的气氛，跟李铭神往的麦西来甫一样，尝一口若娴古丽送来的巴哈里就已经被甜得神魂颠倒了。

县上尊重李铭的选择，把李铭放在了牧区学校当音乐老师，一旦不适应了随时交流。牧区离县城有 160 多公里，地处昆仑山下的一个大草场上。那是一片草原，区政府是一片呈“凹”字形的砖木结构的办公室，用红柳扎成的栅栏，连个大门都没有。区学校就在政府的旁边，学生都是牧民的孩子，此刻牧民都领着牧羊犬骑着马赶着羊转场到深山牧场去了，孩子们就跟着行动不便的老人留守。区长着人把政府办公室腾出一间给李铭住，反正平时办公室大半都空闲着。山区的白日时间短，夜晚就显得寂寞而漫长，现在有了李铭和他的小提琴，夜深人静的时候听着李铭的小提琴，确能起到销魂的作用，让人能想起许多悠远的事情，山也跟有了灵魂似的与往常不一样起来。

区长在乌鲁木齐的时候就知道李铭喜欢新疆的地方乐曲，上山几天后，就带着李铭来到一家老牧民的家里。老牧民叫买卖提，人送外号“买卖提喀什噶尔”，这跟口里人的习惯有点像，袁世凯不是就有人叫“袁项城”么。喀什可是个了不起的地方，那里是中原与亚欧大陆的通衢要冲，那里的人自古以来就能歌善舞，是扬名天下的歌舞之乡，如果不是当年来草原贩卖羊只，跟当时还是个丫头子的老婆子一见钟情，情深意厚，买卖提喀什噶尔怎么会跟白杨扎了深根似的，在牧区一待就是几十年呢。

买卖提喀什噶尔在草原是个场面上的人，年轻的时候走过不少地方，见区长领着远方的贵客进了门，挑了一只羊娃子就挂在院子里的白杨树上，剥去羊皮像脱掉羊身上的大氅一样。买卖提喀什噶尔让老婆子赶紧把发好的发面拤好埋进火红的灰烬里，跟发面一块儿埋进灰烬里的还有羊头，在山里用烧熟的羊头招待来客那是最隆重的礼数了。烧好的羊头被取出来后，主人用刀利索地片了羊额上的一片肉递

到李铭的手里，李铭从没见过这样的吃法，馋得不行，呼噜一下就咽进肚里。那是李铭吃过的最香最好吃的肉了，这么美妙的食物只有在昆仑山里的牧民家里才能品尝到，何况一旁的肉锅里飘着浓白的香气，手抓肉正不停地上下翻滚。在当地，一家的客人就是所有牧民的客人，主人的家里陆陆续续来了不少人，只要来人一迈进门槛，一托盘热腾腾的手抓肉就摆在面前，酒也跟着斟满。主人跟客人都喝了很多酒，酒到酣处买卖提喀什噶尔的都塔尔才能弹出神韵出来，《十二木卡姆》也才能唱出具有喀什噶尔的滋味来。那天买卖提喀什噶尔弹唱的是“卡勒克”，是昆仑山里下了大雪后牧民在雪地里游玩时才弹唱的：

喜逢新雪开始，
下了雪，大家都高兴！
祝贺新雪，献这个雪柬。
能抓到就宰一只羊，
抓不到就宰一只小公鸡。
搞得好了，锦上添花，
搞不好，放一个皮牙孜（洋葱）也行。
麦西来甫一定要办好，
要请买卖提·尼牙孜来弹琴，
要请胡尔西丹来跳舞，
……

李铭兴奋得不行。回到宿舍里，取出小提琴走到门外就拉起来。李铭的胳膊一支，满身的毛孔也都支炸开了，感觉浑身的音乐细胞飕飕地往外蹿。当晚天上一轮明月跟若娴古丽家的银制托盘一样倚在昆仑山巅，夜风吹拂，塑料片一样的白杨树叶反射着月光，像无数只小镜子发出璀璨的光亮，一阵一阵地哗哗欢笑。牧区海拔高，气候寒

冷，李铭上山时山下的农民正挥汗如雨地收割麦子，可山里的温度还不及山下的初春，到了夜里便接近零度。李铭的发际挂满了霜，可他激情澎湃，体内有无穷的力量在源源不断地迸出，在他四周形成一个保护圈，他一点都不觉得冷，一串串的音符把伸手可及的星星拴住了，星星手舞足蹈，把整个天空舞得跟一盆清水似的，哗哗地要溢出来了，舞得昆仑山在半空里直晃悠。

第二天，李铭掂着两斤玉沙泉酒找到买卖提喀什噶尔，要把他昨天唱过的词和曲记下来。老汉摆摆手说，要论弹琴唱歌，你不应该找我。有一个老汉叫“神歌手老宋”，都塔尔在他手中跟天神一样发出奇妙的声音，整个牧区没有一个人能超过他的。买卖提喀什噶尔还说，神歌手老宋琴弹得好，人更神秘，没有人知道他从哪里来，什么时候来的，都知道这个汉人娶了一位叫阿依古丽（月亮花）的维吾尔族姑娘做洋缸子（妻子），就是她当了他的启蒙老师。自从几十年前七位进山剿匪的战士牺牲事件发生后，他就神秘地出现在这里，一直守候在烈士墓旁，这么多年了从没下过山。牧民们只要有聚会，都要把他请到家里。没有神歌手老宋在场主人就会很没面子，在人们面前抬不起头来。

烈士墓在距区政府两公里远的一个达坂上，四周是郁郁葱葱的红柳丛和几棵挺拔的白杨。一涓溪流从山上挂下来，银线一样扯过神歌手的地窝子和那座有些孤独的墓丘。李铭是乘着区长的吉普车去的，看见甲壳虫一样拖着巨大的尾巴朝这里来，老人怀抱着心爱的乐器，盘腿坐在地窝子门口候着，身后一柱白白的炊烟也高高地升上了天。

几十年前，剿匪小分队共七个人在托库孜达坂中了土匪的诡计，全部殒命。那个场面很惨烈，慕士塔格峰为他们低首垂泪，随后赶到的独立团官兵为他们哭声震天。很显然，小分队是在毫无防备的情况下遭受突然袭击时被乱刀砍杀的，根本没有时间开枪反击，现场几乎找不到一个完整的尸体，这充分说明那是一群嗜血的恶魔。悍匪乌斯

曼来自北疆，成员除了誓死追随乌斯曼的铁杆儿，还有一帮从青海投奔过来的马步芳的残匪。陶峙岳通电起义后，在剿匪部队撒下的大网里，他们跟一条漏网的鱼一样，依仗地利，从伊吾经迪化再翻越南山，南出铁门关铁干里克，逃进了昆仑山。等后来乌斯曼匪徒被全歼后才弄清，事情都坏在那个长了两根舌头的肉孜乡约身上。由于匪徒裹挟着不少无辜的民众，上级的意图是争取通过和谈解决问题。剿匪部队初到恰墻小镇，急于寻找一个精通汉语的当地人，这个常年在丝绸古道上跟马帮驮队打交道的人就被选中了。向剿匪部队推荐肉孜乡约的镇上人都这么说他，乍一听不免要问，难道他是一条蛇托生的人，舌头会分叉不成？笑话，当然不是。当地人们有个习惯，把会说两种以上语言的人叫作长着两根舌头的人。他们认为，会说自己民族语言算是一根舌头，会说其他民族的语言，等于又长出了一根舌头。肉孜乡约维吾尔语说得好，汉语说得也很流利，当人们听着从他嘴里发出的奇怪的声音时，都想扒开他的嘴，看看他的嘴里是否真的长有同自己不一样的舌头。只是人们还不知道，多年前肉孜乡约就是乌斯曼在南疆的眼线，充当乌斯曼在恰墻的坐探。

李铭每到一个地方总喜欢研究当地的史志资料。他在区长的书柜里翻到一期州政协出版的文史资料，里面恰好有一篇当年那场战斗的经历者、骑兵团张参谋撰写的回忆录，对当年在小镇寻找翻译的过程进行了详尽的描述。奸细肉孜乡约一米六五的个头儿，瘦葫芦型脸，滑腻的薄如绸缎的皮肤贴在尖梢的脸上，泛着黏液般的光来，黄巴巴的胡须也跟葫芦长的软毛一样，长着这种头型的人再配两片溜薄的嘴唇，上挑的嘴角，那就是一个让人不放心的人了。如果跟他打交道的时候看见他冲着你笑，会让你下意识地捂捂口袋，想想身上的物品是否安全。尤其是在无意识中猛然发现肉孜乡约在偷偷地冷眼打量你，你的心里就会“嗖”地一下打个寒战，犹如被人用刀架在了脖子上。当然，这种不祥的感觉当初在张参谋心里只是闪念之间，没想到随着

时间的流逝不仅没有淡化，这么多年反而越来越清晰，清晰得他越发地寝食难安，负罪感也越来越沉重了。他在文中说，如果不是被剿匪战斗一个接一个的胜利冲昏了头脑，以至麻痹轻敌，就断不会轻易地被乌斯曼释放的谈判烟幕所迷惑，也会对肉孜乡约加以认真的审查，找个可靠的人担当翻译。他后悔自己没有抓住这个感觉，最终铸成了大错。可惜历史是不能假设的，历史就是历史，哪怕它是血腥的，后人只能面对它。

在回忆录的最后张参谋说，当年是他率部队清理的现场，牺牲的同志应该是七人，但战士们收集到的尸体一共只有六具。由于当时追剿乌斯曼的命令紧急，他们就地安葬了烈士就朝昆仑山深处追击土匪去了。在清水泉一带，剿匪部队终于一举将乌斯曼匪徒包围歼灭。据被俘的土匪交代说，他们惧怕解放军优良的装备，一旦交战，小分队手里的七支卡宾枪就是令人胆寒的火力网，就通过肉孜乡约跟小分队约定，为了表示谈判的诚意，双方都将弹夹卸掉，交由肉孜乡约这个“中间人”保管。肉孜乡约在小分队面前百般替乌斯曼说话，大讲他们的诚意，小分队竟答应了这个条件。当双方面对面开始谈判的时候，肉孜乡约突然抓起一把石灰洒向小分队，战士们才意识到大事不好，可惜来不及了，匪徒们哇哇哇怪叫着，已经拔出事先藏匿的腰刀砍杀过来……不过，被俘匪徒指天起誓说，跟他们谈判的解放军确实只有六人而不是七人。张参谋派人四处搜寻肉孜乡约，也许他会知道这个战士的情况，可惜贼首被复仇的子弹打成了筛子，这样，这个谜团就一直留了下来，留到了今天。笔者在文中对那个失踪战士的下落进行了猜测，说也许这个战士是在进入谈判的地窝子之前就遭到了暗杀，或者是小分队预感到了什么，事先派他返回恰墙报告情况，而在回来的路上遭遇到了不测……

车停在离烈士墓 10 多米的路上，那是近年来才修的一条简易山路，供开采铜矿的大型机械经过。李铭跟区长从车上跳下来，“神歌

手老宋”已在那里拨动着都塔尔琴弦，用歌声迎接他们了：

尊贵的客人走进昆仑山，
天上的云朵是你的步辇；
我愿作你夜晚的明月，
照亮整个大地；
我想作你碗中的热奶茶，
温暖你的心田。

区长从后备厢里提出一个装了大葱洋芋白菜的编织袋，还有几瓶恰墙酿造的玉沙泉。三人一同进了低矮的地窝子。作为区政府赡养的“五保户”，“神歌手老宋”两口子的生活用度倒也一应俱全。山里空气洁净，门前有奔流的溪水，他还为区里放养着一群提留羊，区里特许提留羊下的羊羔儿三分之一归老汉所有，老汉的身体棒着呢，有大把的时间唱曲儿弹都塔尔（一种民间乐器）。床榻的对面墙上挂着一把都塔尔，一件老羊皮长袍。山里的夜晚还比较凉，如果遇到阴雨天，山峰的雪线会一直降到山脚，山一旦穿了白色的长裙，人就得穿上羊皮做成的长袍。中午吃过揪片子（一种面片汤饭），李铭操着小提琴对着慕士塔格峰就拉了起来。慕士塔格峰俯视着李铭，像斗酒诗百篇的诗圣李太白一样飘逸潇洒，果然不食人间烟火的样子。李铭第一次看见这么巍峨的雪峰，就想起了那个美丽的传说，传说中周穆王乘着神驹拉着的玉辇，到昆仑之巅观皇帝宫，后与王母娘娘在瑶池相会，众神献舞，仙乐婉转。下山时歇驾恰墙，后西行春山。李铭拉着拉着就出了神，竟拉出一种奇怪的曲子，听得李铭自己两腮挂满了泪水，更是惊得神歌手老宋从地窝子跑出来，说对对对，我每次夜里做梦，听见的就是这种乐曲，可惜梦一醒就会忘得一干二净，想得头都扁了也想不起来，没想到你把它拉出来了，这可是仙乐呀！说着冲李铭倒头就拜。据说昆仑山里有一种神曲，就是当年周穆王拜会西王母

时演奏的曲子，人间只是传说有这样一个曲子，却从没人听到过，更无人会演奏。老汉肯定李铭眼下拉的正是传说中的那支神曲，会演奏神曲的人不是神人是什么，自然要拜了。李铭赶紧扶住老人说，他也完全是一时走神才胡乱拉的，自己并不会这个曲子，也不知它叫什么。老人的泪水就下来了，说看来我们是有缘分的，这个神奇的曲子就是我们的缘。

神歌手老宋没让李铭跟区长的车回去，两人宰了一只羊，煮了一锅手把肉，不费劲就整完了一瓶“玉沙泉”。手把肉又嫩又香，李铭吃了一块又一块，吃得老汉羡慕不已，说自己不敢吃太多了，毕竟岁数大了。老汉爱饮，越喝越精神，坐在灶前的阿依古丽一再劝阻老汉少喝点儿，在晚辈面前要像个老人的样子嘛！老汉嘿嘿一笑说：行，你都管了我一辈子了，我啥时候不服管过？李铭就问老汉的老家是哪里，什么时候到这里的，为什么矢志不移地守着这座烈士墓几十年。老汉还是那些理由，这个理由他对所有的人讲过了，都讲了几十年了，今晚再对年轻人讲一遍。老汉就又胡扯开了，说他是随周天子的车队进昆仑山见王母娘娘时留在这儿的，阿依古丽是昆仑山上的仙女，自愿下凡陪伴他来了。李铭笑了，就给老汉说了张参谋写的回忆文章。老汉倒没什么，只是阿依古丽一遍一遍地用袖口擦着泪水。李铭没有再问下去，傻乎乎地一笑接着放开了喝酒，两人接连干掉了两斤“玉沙泉”。老汉跟没事人一样稳坐床榻之上，李铭却有些按捺不住了，跑出地窝子门口，再次把那个曲子拉了一遍。老汉乐得不行，一边“呵呵呵”地笑，一边成串地落泪。老汉来劲儿了，把李铭劝进地窝子，说要给李铭讲一个故事，李铭说不听，把小提琴一扔，就迷糊过去了。老汉几十年来第一次讲这个故事，既然决定把它讲出来了，他才不在乎有没有人听呢，他只管讲他自己的就是了。

故事讲完了，老汉的酒劲儿也上来了，倒头就睡了。

当天夜里李铭做了个梦。梦里小分队出发跟土匪谈判之前，并没

有那种临战前的紧张气氛，而是相当轻松，足以说明土匪的和谈诡计没有引起他们的怀疑。有个战士这时突然感觉肚子痛，他这一路一直有点水土不服，就跟队长说自己内急，叫大家等他一下。队长一副成竹在胸的神气说：你只管去，我们就先走一步，你随后赶来就行了。他就来到一个隐蔽的山洞里。刚进山洞就听到土匪鬼哭狼嚎般大叫的声音，他意识到大事不好，一跃而起要冲出洞时，竟被一双手死死拉住不放。这是一个被土匪从北疆裹挟到这儿的姑娘，正用他听不懂的语言向他说着什么。虽然他一个字也不明白，但他知道她是在竭力劝阻他不要出去，因为外面很危险……

老汉哈哈地笑着对李铭说："你这尕小子，真能胡谝。"又说，"能让咱老汉再听听你拉的神曲吗？"李铭说当然可以，就取出小提琴演奏起来。这时，一朵白云从雪峰上飘过来，在经过烈士墓的上空时化作一只仙鹤飘然东去。李铭演奏结束后见老汉闭目躺在床榻上，就去上前推他。老汉脸上洋溢着慈祥的笑意，皱纹像菊花一样放射开来，两手指交叉着枕在脑勺下面，竟睡得很安详，连理都没有理李铭一声。

街　遇

朋友约我跟他喝茶，我坐上公交车赶往他所在的商会大街。在路过十字路口的国际书店时，我提前下了车，因为我想起一个朋友推荐的一本书，就想借机到书店把它买回来。在二楼文学专柜那儿转了一大圈儿，也没有找到我要的书，就从书店出来，步行着往商会大街走。

人行道铺着墨绿色的砖，犹如铺了一条墨绿色的地毯。道路两旁的花花草草开得旺盛，在微风里冲着行人颔首致意。大街两旁的环卫工身穿橘红色工作服，胸前背后的荧光标识老远就发出绿莹莹的亮光。他们或挥动着扫帚一记一记地清扫着街道，或坐在某一处建筑的台阶上小憩。在一个摆着各式廉价装饰物品的小摊前，一位微胖的女环卫工坐在一把马扎上，跟小摊的主人，一位扎着围巾满脸皱纹的老妇人说着什么。我打小摊前走过，感觉到有两束光突然间朝着我扫了过来。

"你是……"那环卫工高声喊道，同时，她飞速摘下几乎快要把她的整个脸儿都遮住的大口罩，高高的鼻梁上勒出一道深深的箍痕。

我停下脚步，一眼就把她认出来了。

"哈，小牡丹!"我大喊一声，挥起右手在她左膀子上拍了一家伙。

“小迪？你是小迪！”小牡丹顾不上大街上人来人往的人流，上前把我搂抱住了。

“嗷吆，嗷吆嗷吆，嗷吆……”旁边的那个摊主眨着眼睛，发出少见多怪的叫声。

小牡丹是她的绰号，她的真名叫哈莲花。她延续了多年前对我的叫法，我估计她很可能叫不出我的全名，毕竟，那时候我们都很年轻，意气风发，对什么都不在乎。

多年前，我和几十名来自一个乡的同年兵，被一辆墨绿色的大轿子车拉进了这座天山支脉下的一座军营大院儿，院子是用一块块几十上百斤的石块垒砌起来的，又被高大得直指苍穹的白杨树分割成一个个方块儿的大院子。我们跳下汽车，眼前不是摇曳的麦子地，而是铺着坚实的石子，石子上面又铺了一层沥青的营区马路。马路两边是一排排俄式营房，“年轻的水兵，头枕着波涛”，俱乐部房顶的大喇叭里正响着苏小明的歌声，我们的确年轻，但我们不是水兵，我们是陆军士兵，而且连野战部队的士兵都不是。我们是内卫分区的士兵，除了给分区大院首长机关出出公差勤务，到几十公里之外的农场劳动，进行普通士兵理应掌握的军事技能，也就是连队的正常训练外，我们最主要的一个任务就是在分区大门口的哨位上执勤站岗。

我的很多战友宁愿摸爬滚打地训练也不愿到大门口站岗，我想那很可能跟晚间睡得正香甜的时候被喊起来去站岗有关。在站了一阵子岗之后，大家总结出来了规律，每天最受不了的就是熄灯后一个小时后的那班岗，和每天吹起床号前一个小时的那班哨，前者是迷迷糊糊正要进入睡梦之际，而后者则是天亮前最赖床的那一阵子。当你听到值班哨提前五分钟趴在你耳朵上小声地喊“到时间了，准备上哨”的声音，一脚踹死他的心都有。

我却有个很好的办法免除了这份洋罪，那就是跟邻床的战友达成了协议，无论是我们两个中的谁摊上了天黑时的那班哨，或者是天亮前的

那班哨，都要一起度过那段最难熬的时间。因为接哨或被接哨是按班里的铺位轮着来的，这样我们两个就总是挨到一块，于是被换的一个也不回去，留下来陪对方吹牛聊天，虽然一个人是俩小时，我们两个就是四小时，但那也比一个人经受瞌睡和孤独的折磨好多了。

在哨位旁边的那个小得仅容得下一只单人沙发的房子里，我们两个什么都聊，天上地下，国内国外，当然聊得最多的就是爱情，毕竟是两个年轻小伙子嘛。他说的最有意思的一件荒唐事儿是，这个战友上学时英语怎么都学不会，而班里有个女生英语好得不得了，就好像她爹她娘都是英国人一样，这让他好生羡慕，也就由羡慕变成了爱慕，由爱慕变成了冲动。他仗着家离学校近的优势，在放学后以百米冲刺的速度回到家，挎起柳条筐，装作给猪薅草的样子，躲在那女生放学回家的必经之路上，瞪着双眼给人家行注目礼。不知道是不是他的怪诞行为被那女生发现了，吓得人家不敢再上学，反正是他跟踪了人家没多久，那女生就没再来学校上学了，不知是不是转到别的学校去上学了。

当然我们也谈论分区大院里的情况，而且聊得最多的就是大院里的那些长相出众的女孩子，这也是小伙子们的通病，是上天给的，没办法的事儿，谁没年轻过呢。我们的话题中出现最多的就是哈莲花。哈莲花是哈副司令排行第五的女儿，是个垫窝儿，非常受宠，我们当兵的时候她高中还没毕业。据说她学习成绩一般，就是爱玩儿，当然，那时候领导干部的子女大都是这个样子，家庭条件优越，人生的前景宽阔如无边无际的大海，谁下死力读书呢。

两年后我当了班长，并且进入了分区为应对军队招生而办的文化补习班，小牡丹那会儿已经高中毕业了，参加高考没有被录取，就加入我们这个文化补习班里来，准备参加军队院校的招生考试。当时部队对领导干部的子女有优待政策，考试基本上也就是走个形式和过场，只要参加考试，一般都能进军校混个三两年，出来后弄个“二十三级”。那时候部队最低一级的干部职级待遇是二十三级，我们就用这个数字称谓那

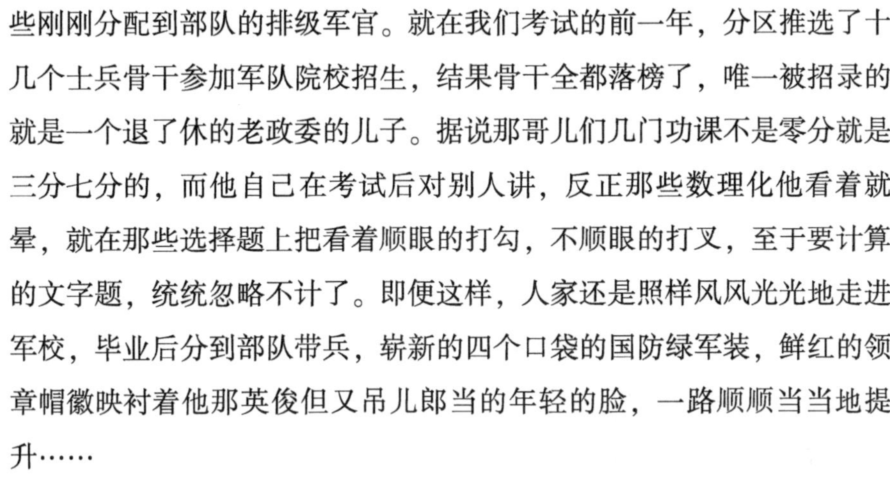

些刚刚分配到部队的排级军官。就在我们考试的前一年，分区推选了十几个士兵骨干参加军队院校招生，结果骨干全都落榜了，唯一被招录的就是一个退了休的老政委的儿子。据说那哥儿们几门功课不是零分就是三分七分的，而他自己在考试后对别人讲，反正那些数理化他看着就晕，就在那些选择题上把看着顺眼的打勾，不顺眼的打叉，至于要计算的文字题，统统忽略不计了。即便这样，人家还是照样风风光光地走进军校，毕业后分到部队带兵，崭新的四个口袋的国防绿军装，鲜红的领章帽徽映衬着他那英俊但又吊儿郎当的年轻的脸，一路顺顺当当地提升……

“真快呀，”小牡丹松开我的膀子，“一眨眼都这么多年过去了。”她指着刚才自己坐的马扎让我坐，我没坐。

“记得最后一次见面，是在地区人事局吧？”我说，“你当时给准备随离休的父母到省城工作的老公办商调函。”

“可不是——哎，你那回去人事局干什么去了？记得那会儿你已经离开分区了。我护校结束回到分区后在卫生科，到处打听，才知道你步兵排长队毕业后，到下面一个连队去了。”她背过手挠了一下后脑勺，我看到她的头发还是那么粗，那么密，那么微微地泛着黄色。

“那次见面我就想，这回一定要留下你的电话，再不能让你这个家伙消失掉了。可是你还是一眨眼的工夫再次从我眼前溜掉了。”小牡丹说着脸一红，“当时给我办手续的人事干部似乎看到了什么似的问我，‘刚才那个军官是你什么人，看起来你们的关系不一般嘛！’我当即就故意生气地说，‘别瞎猜，我们只不过原先是一个单位的同事’！”

当地是个少数民族地区，有自己的文字也有自己的语言，我们到了分区驻地后，无论是跟老兵还是跟驻地百姓，除了日常用语，最先学会的还有那些粗俗的骂人的话，因为这些话都是口头语，人们常说，就连战友之间开玩笑打闹也都夹杂着这些话，所以非常的好学。有一次我跟几个补习的战友胡闹，用刚学来的脏话乱说一气。可小牡丹听不下去

了，她招招手把我叫到教室门外，红着脸问我："小迪，你知不知道你说的话有多难听？我都替你脸红了。"

我一听小牡丹这样说自己，脸上"嗤啦"一红，甩开她跑掉了。

自此，我就觉得这个副司令员的小丫头跟别人不一样，身上有一种令人沉思的气质，挺有意思的。

"我看你们两个这个样子，以前是不是关系不一般呀。"那小摊主多嘴多舌，像开玩笑又似乎不是玩笑地插话说。

"没有。根本不是你想象的那回事儿！"小牡丹不高兴地说。

"是吗？"小摊主像个愣头愣脑的主，"乍一看，我还以为你们俩是两口子呢。"

"嘁！"小牡丹乜斜着眼，将又大又黑的眼睛快速地眯缝了一下。这是她鄙夷人的经典表情，很多年前的小牡丹在做出这个表情的时候，被她不满的人不但不生气，相反，会产生进一步惹她更加生气的冲动来。这么多年过去了，虽然她的脸上已经长出了不少的鱼尾纹，岁月的风雪雨霜也在她的脸上打上了苍老的印痕，但在她做出这个表情的一刹那，过去那个俏皮靓丽的小牡丹似乎又回到了眼前的这个手拿扫帚清扫大街的清洁工身上，这让我的心中犹如落下一块儿巨石般"咕咚"响了一声。

"我就是喜欢开个玩笑，你何必那样看我呢！"想不到，小摊主竟看见了小牡丹的不满。

小牡丹一转身，不理她了。看来这回她是真的有点生气了。

"离她远点儿，这个多嘴多舌的神经病！"小牡丹一拽我的衣袖，我们朝着一个大酒店门前的大柳树下面走过去。

我们参加的那期补习班办了 40 多天，在临近考试的前几天，我跟补习班临时负责的值班班长请假，到附近一个中学老乡那里借复习资料去了。在我们补习班跟通往分区俱乐部之间的那条马路上，一段时间以来路灯坏了好几个，不知为什么分区也一直没有抽人进行维修，一到晚

上半边营区就黑黢黢的，别处的路灯越是明亮，我们这块地方就越是显得黑暗，就像跟别的营区不是一个世界似的。那晚分区俱乐部放映电影，好像是关于一个大象对贪婪无度的人类进行报复这样的内容。我的一个高矮胖瘦都跟我差不多的同年兵因为刚刚下哨，吃过晚饭后没赶上跟连队一起集合去俱乐部，就斜插过补习班后头的林荫带去俱乐部。他刚走上那条光线不怎么样的马路时，突然间一个暗影不知从什么地方窜出来，从背后一扯他的衣服说："小迪！"

同年兵吓了一跳，一个箭步跳到一旁说："你谁呀，你想吓死我呀你！"

小牡丹一看认错了人，紧张得耸着肩，举着两只拳头护着脸，紧咬着牙关没有出声，然后扭转身"噔噔噔"一阵风似的跑掉了。但同年兵已经认出她就是小牡丹了，就在背后喊道："小牡丹你站住，我就是小迪！"喊完后弯着腰哈哈大笑起来。

等同年兵告诉我这件事情的时候，我已经接到军区步校的通知，正在做着报到前的准备之际，而小牡丹也被军区护士学校录取了。

看起来已经习惯了，小牡丹一屁股就坐在那个柳树下的台阶上了，我则站在她身边，看着她胸前的那道荧光标识问："你怎么干起这个来了？"我在心里踅摸着更婉转的词语，最后还是放弃了，"要不是亲眼看见，打死我我也不会相信的。"

"唉！"小牡丹长叹一声，"这还不都是逼的嘛。"她说，在她跟我在地区人事局见过那一面的几年后，也转业到了省城，分到一家通用厂当工会干部。可惜好景不长，她到厂里不到两年，厂子就倒闭了，她也成了一个下岗职工，每月靠那点儿微薄的生活费度日。好在那时候她的父母还健在，时不常地补贴她一些。几年前，两个老人先后去世，她也就没有了这个经济上的外援，尤其雪上加霜的是，她转业到区法院工作的老公，因为抽烟喝酒又喜欢肥腻的生活习惯，两年前突然中风后卧床不起，从医院出来后就跟个植物人一样躺在家里了。她们倒是有一个儿

子，今年30多了，死活就是不成家，是个“月光族”，手里一旦紧张了，就向她伸手讨要，稍有不满，就摔家里的东西，还冲着她大喊大叫，有一次甚至还一把把她搡倒在地，额头跌破了血流如注，儿子看都不看一眼，摔上门扬长而去。她的确绝望了，当晚喝了大剂量的安眠药，儿子发现后，叫来救护车，把她送到急救室才抢救过来。在医院里，儿子跪在她跟前，流着泪水求她原谅。她泪眼婆娑地看着这个不争气的孩子，除了原谅这条路她还能怎么样？她已经问过儿子多次了，个人问题究竟是如何打算的。儿子总是不耐烦地说：“真是皇帝不急太监急，我身边又不缺女人，何必要弄一个回家，像根锁链一样把自己捆住！”

小牡丹说着，眼泪“噗噜噜”流了下来，但很快，她意识到了什么，赶紧用工作服袖子蘸了蘸眼睛。我扭头朝着小摊主一看，她果然瞪着眼睛，伸着脑袋，一副集中精力的样子看着我们这边。我从沉重的心情中挣扎出来，拍了拍小牡丹的肩膀，要她多加保重自己，还说句连自己都怀疑的话来安慰她：“没有过不去的火焰山——你放心，一切都会好起来的！”

就跟她告了别。

走了没有几步，我陡然又想起什么来，便再次回头，朝着小牡丹走去……

我的战友马汉

前言

明天就是马汉去世三周年了，雨夹雪从昨天下午就开始下。我在基地大院散步的时候只觉得凉风挺劲道的，吹得衣服紧紧地贴在前胸。走到半路上，我看见衣服上似乎跟粘了粉末似的，一点一点的，好久也不化掉，看样子一点也不像真正的雪点子。但等我伸出手指去捏掉它的时候，手指头肚儿一凉，灰点儿没有了，消失了，露出了它到底还是雪花儿的本质。

我给顾然的电话是前天打过去的，那会儿天还晴着。她在电话里告诉我，自己正在参加一个石油部门在京的国际性研讨会，按议程当日就该结束了。她说等会议一结束就给我回电话。可是，从前天等到现在，我既没接到顾然的电话，也没看到她的短信。看来是她参加的会议拖住了她，让她实在抽不出身来了。要不是这个原因，她怎么会不来给我们共同的哥们儿加战友祭奠呢。要知道，这个活动当初还是她提议的呢。

无论怎样，你倒是给个话儿啊，哪怕是你实在脱不开身，我会在马汉的墓前替你解释清楚的，毕竟，这座地处大西北的首府，距离北京光飞机也要飞上好几个小时呢，今年来不了，明年可以补上的嘛！

哎哎，好你个顾然啊，顾然……

一

好多年前，哦哦，让我想想，哎呀，一下子记不起来了，反正是多年前了，我大学临近毕业的一天，是我有生以来真正第一次为个人的事情犯难，所以这个印象一直印刻在我的记忆里。我原本想征求一下家里的意见，确切地说，是征求我老爸的意见，在这个问题上，听听老爸怎么说，无论站在什么角度都属必要，我不能在这个事关自己未来的大事情上越过老爸，哪怕老爸将决定权完全撒手，我也得这么去做，因为我怕伤了他的自尊心和尊严。在我们家几个孩子当中，老爸不仅最疼爱我，还在我的生活中扮演重要角色，比如，小时候我上哪个幼儿园，到什么学校读书，考大学的时候，填报什么志愿，到哪所学院就读，等等等等。这并不是说，我在老爸的几个孩子里是最没主见的一个，而是我们父子在好多大事上总是非常契合，且老爸的每次选择总是非常符合我未来的发展。但是，在大学毕业分配这个问题上，我还没有跟老爸通过信，也没有商量过，如果我要响应院方的号召，投笔从戎，“到祖国最需要的地方去建功立业”，不知道老爸会是什么态度，是反对呢，还是支持？但是，我毕竟大学即将毕业了，今后的人生路得我自己走，老爸已经到了不能再为我做出选择的时候了，相信老爸自己也知道这一点，所以，在最近的两次通信中，他都刻意没有提到我今后的人生道路这一重大问题。

事情略显仓促，不知是院方的问题，还是部队准备得不充分，总之是，直到今天早上，学院的广告栏上才张贴出那份文件的影印件。但，私底下关于这件事的传闻早就有了，只是没看见确凿的东西，不能证实，自然不能擅自决定，现在，传说成了事实。自打影印件上了墙，公

告栏前人如潮涌，一波退了又涌上来一波。文件上说，为了适应军队现代化条件下的作战需求，提高军队的文化层次结构，军区本着自愿的精神，要从应届毕业的大学生中招录一批学生兵，补充到基层一线中去，当作基层军官。为了配合这一工作，在当天晚饭前，院校的喇叭里播放起了《解放军进行曲》等节奏明快的军队歌曲，消息不啻一枚重磅炸弹。院校里顿时炸开了，大家议论纷纷，尤其是那些刚刚入学的学弟学妹们，因为条件不够而对我们充满了羡慕嫉妒恨。而我们这些应届毕业生呢，也表现了各自的态度，有兴奋的，有跃跃欲试的，有冷眼以对的，也有事不关己、充耳不闻的。至于我自己，的确对从军当兵兴趣不是太浓，毕竟凭我的条件，只要一回去，就肯定有一份称心如意的工作。因为在我们那个城市里，像我这样学历的人还为数不多，何况我老爸在那个城市当了多年的领导，原先的手下也都是呼风唤雨的人物了，别说老爸还在台上，就是真的有一天退下去了，他只要打声招呼，为我找个好点儿的单位，也还是轻而易举的事情。而如果从了军，除非能一步步发展到将军的位置上，否则总有一天还是要脱军装第二次就业的，万一真的到了那一天，一切从头开始，可就真的太惨了，现在拥有的一切优势，到了那时早就烟消云散了。

正想着呢，有人从背后拍了一下我的肩膀，回头一看，是我的同学兼好友，同时又是学生会主席的马汉。马汉跟我来自同一个城市，马汉的父亲是我们那个城市驻军的一名首长，跟我的老爸也非常熟。我们俩是在来大学报到时，在火车站上认识的。那天，送我上车的是我的母亲和我的一个姐姐，而送马汉的人，除了他的母亲、妹妹，再就是他父亲手下的司机和公务员了，当时的他牛得像个少帅，吸引来周围很多美女惊羡的目光。也许跟我的老爸一样都在忙吧，马汉的父亲也没有出现在送子就学的现场，不过说实话，就他们那阵势，不来兴许比来了更能说明问题。我们俩都从对方意气风发的神色上看出了端倪，自然地进行了自我介绍，好家伙，这一介绍就把我俩介绍到一块儿去了，我们不仅同

一个院校，还在一个系里，这不是缘分是什么？我俩似乎认识了好多年一样，在站台上不管不顾地紧紧拥抱在一起，好久好久都没有分开，这场邂逅预示着我们俩友谊的开始，和在今后的日子里，这种友谊的长久与牢不可破。

根本不用他张口，从他的面部表情上面我已经看出，他一定会报名参军的，因为他不仅出身于军人家庭，更主要的在于，他是一个对军营有着强烈情感和迫切在军营建功立业的热血男儿，这一点我从我们认识当初就看出来了。一开始，我错误地认为这是他的军人家庭生活带给他的影响，后来随着我们交往的深入，和我对他的更深层次的了解，我发现，他骨子里头具有一种巴顿式的自信和对军人生活的热衷。换句话说，就是他对命令和服从有着一种天然的向往，对于这一点他自己丝毫也不否认，并不无炫耀地说，这是因为他天生具有一种当军人的潜质。每当同学们听到他这句话的时候，总是报以嘲弄般的和声“是”之后，故意哈哈大笑着才纷纷离去。对此他毫不在意，大有那种“燕雀安知鸿鹄之志”的大度与胸怀。每每这个当口儿，看到只有我一个人还在一旁欣赏他的“鸿鹄”之志，他往往用胳膊紧紧地一揽我的脖颈，说：走，我请你喝啤酒去！

可以说马汉从军的道路是现成的，因为他从小就生长在军队大院儿，一个电话甚至一句话就可以穿上军装，但他不想依靠自己的背景，他要靠自己的努力去实现自己的梦想。现在，机会自己走过来了，他也终于可以如愿以偿了，而且我敢肯定，他一定是全院校第一个报名的。果不其然，他这是在报过名之后，专门找我也到招录办报名来的，因为在已登记的名册上，马汉没有看到我的名字。我犹豫着告诉他，这事儿还没来得及征求老爸的意见呢，这事儿毕竟关系到我今后的一生，我不能不慎重。你猜这个家伙怎么说？当时他竟眉头一皱，把嘴唇轻轻地那么一撇，嘟囔似的说：你呀，早该断奶了！

这就是我大学几年的好哥们儿、好朋友，如果你真的以为他这是对

我的不尊重，那你可就彻底错了，因为谁也没有我了解马汉。第一，他这样说，有点激将法的意味儿；第二，是他只有对特别信赖的朋友，才说这种看起来有点放肆的话，而对别的人，他总是表现得非常谦逊，而且越陌生越谦逊。当然，这谦逊的深层次里包含着的东西微妙且复杂，也只有我才能看得出——

这就是马汉，我的比亲兄弟还亲的朋友马汉。

二

不知道是应该感谢命运，还是应了马汉的那句激将的话，总之我马上就跟在马汉的后头来到报名处，将自己的名字写在了自愿入伍的名单上。之后，我把自己的选择通过长途电话告诉了老爸，令我没有想到的是，老爸在电话里对我的选择竟非常赞赏，说我这样做非常好。男子汉嘛，老爸在电话里说，就应该四海为家，胸怀天下。话说得跟宣传栏里的一模一样，一时间我心里五味杂陈。

也许真的有命运之神在冥冥之中对我们哥俩儿进行关照着，一年后，当我跟马汉在军区意外相逢的时候，我们都才搞清楚，原来还以为我们的单位相互之间隔着千山万水呢，实际算起来连 15 公里都不到。两地是隔着山，那只不过是座小山包，也隔着水，那是山包下边的一条小溪流。为什么我俩愣是没有走到一块儿呢？主要是由于我所在的单位是国防部门的一个科研机构，属保密单位；而马汉的单位呢，则是我军大名鼎鼎的红军师，快速机动反应部队，在全军素有“陆战猛虎师”的美誉，战争年代多次立下赫赫战功，受到过军委的特别嘉奖。

那一次相遇，是在我和马汉共同参加军区举办的“大学生入伍经验交流座谈会”上。说是座谈会，但不是一般意义上的座谈会，规格相当高，连军委都特意派出了调研组参加这次会议。也就在那次交流会上，马汉一炮走红，引起了军区首长和军委调研组的注意。

会上，马汉的发言标新立异，语出惊人，这就是马汉的一贯风格。

还在学校的时候，马汉跟我讲过一句话，这句话可以看作是他世界观的真实表露。他说：人生一世，不能碌碌无为，更不能甘心做个平庸的人，那样的话就枉为一个80年代的大学生了。我知道，这就是马汉的底线，无论做什么，除非不做，要做就做得与众不同，做得轰轰烈烈，令人刮目相看。所以，在座谈会上马汉引起上上下下的关注，就没有什么稀奇的了。

在座谈中，马汉讲了自己读克劳塞维兹的《战争论》后的思考，并大胆地对我军的一些传统思想和未来战争的看法提出了不同的看法。他的那些思想和看法的正确性，在今天已经得到了验证，而且不少想法早就变成了我军正在实施的不二法宝。但在当时，他的这些想法和提法可谓大胆，甚至是石破天惊，以致在座的军区首长没有一个站出来予以肯定或支持，不少人甚至为马汉暗地里捏着一把汗。就连那些调研组的人员也保持着适度的沉默，只有一个年纪偏大的首长在马汉的表述中不时地轻轻颔首表示赞同，只是他的颔首幅度很轻微，几乎没有什么人能够看得出来，但却没有逃过我和马汉的眼睛。

人要是走运的话，就连小偷都会出来帮忙。那天下午一走出军区礼堂，我和马汉就决定到一家酒馆去好好唠唠我们分别后、这一年来都发生了哪些值得一晒的事情。一走下礼堂的最后一级台阶，我就用手一拍马汉的后背，有点酸溜溜地说：行啊马汉，够前卫够睿智的呀，能耐见长啊！就冲你今天的发言，定能给军区领导和军委首长留下不可磨灭的印象！马汉也不谦虚，不无得意地问我：怎么样老兄，我的观点还算前卫，值得肯定吧？我由衷地说：太前卫了，你把军区领导和上级首长都震住了，还不算前卫？

我们两个一边走一边相互吹捧，不觉间来到一个酒店的前面。那是一个叫什么春的酒店，装饰豪华，门庭若市，旋转门的外侧站着两溜花枝招展的迎宾小姐，不时地对进进出出的顾客弯腰行礼，嘴里还不停地说着“你好”“欢迎光临”之类的礼貌用语。我们俩刚驻足观看，就看

见一个打扮不俗的女子从酒店里出来，朝着公路一侧那辆三菱轿车走去，显然，它就是这位靓丽女士的坐骑了。那女子正值妙龄，面容姣好，胳膊弯儿里挎着一只名牌坤包，挎包鼓囊囊的，沉甸甸的，十分吸引人们的眼球儿。我跟马汉走过马路牙子，正要进到酒店里面，突然听到一声“抢劫了”的惊叫，不用说肯定是那妙龄女子的，因为她太过招摇了。不过马汉的反应也太快了，从那一声惊叫传过来的刹那间，他全身的细胞一下子都鼓胀起来了，他用手拍了一下我的肩膀，说了声你稍等一下，就“噌”地一下朝着那劫贼冲了过去。那劫贼很瘦小，头发很长，嘴唇上稀稀拉拉留着一撇胡须，只是那贼很利索，跑起来跟刮风一样快。但无论他跑得怎样快，怎样机灵，也跑不过、更斗不过在“猛虎师”摔打了一年的马汉。只眨眼工夫，那蠢贼就被马汉反剪着双手押了过来，那只被抢的坤包在他的脖子里挎着，一走直晃悠，朝着我们，不，确切地说，是朝着那女士走来。然而，令人意想不到的情况出现了，原来那劫贼不止一个人，而是一个团伙儿，刚才只是在一旁作为“群众演员”，伺机掩护。现在看到情况发生了逆转，同伙儿被马汉押了过来，他们就不再沉默了，而是露出了凶残的本性，纷纷亮出了藏在身上的家伙。凶器中有匕首，有钢鞭，有手箍，还有的什么都没带，便就手从路旁的绿化带里捡来石块儿，眨眼工夫把马汉围在中间，不由分说就朝马汉扑来。要说马汉，果然是一条威武潇洒的汉子，一个身手不凡的现代军人，更主要的是，没有辜负了在“猛虎师”摔打的一年，太给“猛虎师”挣面子了。只见他左勾拳右踢腿，手挡腿扫，几个回合下来，眨眼间几个无赖就被马汉弄得趴在地上，哼哼唧唧地动弹不得，随即乖乖地被闻讯赶来的警察拿下了。警察经过一番简单的验明正身，说这帮孙子叫我们找得好苦，今天算是碰上克星了，还是解放军同志身手了得，说着就问马汉叫什么，是那个部队的。马汉说声小意思，不值得一提，拉上我就要离开，我可不愿意马汉就这样当无名英雄，便把我们正在参加的一个活动的地址告诉了几位警察。那位被马汉抢回钱

包的女子却显得处乱不惊，从警察手中接过自己的钱包，从容不迫地往副驾驶位子上一坐，对司机嘱咐了一个地名，说声我们走，很快便绝尘而去。等车开出去很远了，我和马汉才回味出来，她刚才说的那个地方正是军区礼堂所在的街区啊！

真是巧得不能再巧了，偏偏被马汉夺回钱包的女子，竟是省里一位领导的亲属，她到军区领导跟前，把刚才发生的事情的前后经过一说，军区首长又趁热打铁，把此事及时地回报给军委调研组，并邀请省城各大媒体一起参与。结果在一夜之间，马汉声名鹊起，在全国成了一个大名鼎鼎的英雄，不久后就跟全国各地，一批在维护人民生命财产中表现优异的青年官兵一道，受到公安部和解放军原总政治部的表彰，被两部门树立为“当代见义勇为杰出军人”，并出席了在人民大会堂举行的隆重颁奖仪式。

三

金光闪闪的奖章刚刚从胸前摘下来放进奖章盒里，大红的烫金荣誉证书在战友们羡慕的目光中还没有降温，对和平岁月的军人来说，一个不可多得的建功立业的机遇再一次冲马汉微笑了。

我国南部有一个近邻，不久前曾在遭受外来侵略的时候，得到我国人民最无私的援助，在他们最危难的时刻，中国人民成为他们无私而坚强的后盾，以致他们现在装备部队的武器，都还是中国制造的。可是，就在他们实现国家统一后不久，就在国际势力的挑唆下，掀起了一个接一个的反华浪潮，制造了一起又一起对我边防军民的血腥案件，在忍无可忍的情况下，中国人民进行了有力的自卫反击作战。

这天上午，我们单位刚刚传达完上级有关加强战备的紧急通知，有个电话就从值班室那边打进来，说是大门口来了一辆军用吉普，里面有个军官，自称是我的朋友，要求跟我见面。由于我们单位是个保密程度很强的部门，一般不允许其他单位的车辆进入营区，通常都是相关人员

出门处理有关事宜。我在电话里得知，军用吉普里就一名军官，没有驾驶员，来人非常……非常……，大概是碍于我的情面，值班员“非常”了半天也没有说出“张狂”两个字。我一听笑了，这正是马汉的一贯做派，我问值班干部，吉普车上的车篷是不是也被拿掉了？那干部吃惊地说：乖乖耶，你真神，那辆吉普车的确是辆敞篷的，那军官牛哄哄的，派头十足，好像是那位二战时期战功显赫的美军将军巴顿。我哈哈笑着撂下电话，跟处长打了一个招呼，就飞奔着跑出了办公大楼。

单位大门口是宽敞的水泥马路，马路两旁像战士一样伫立着两排高高的白杨树，大门口的岗楼端庄威严，哨兵一丝不苟地对来往的行人查验证件，办理登记手续。远远地，我就看到停在大门口前边公路沿上的吉普了，马汉两条腿交叉着，高高地跷在前挡风玻璃框上，正一门心思地吞云吐雾，阳光照在锃亮的皮鞋上，反射出银针般刺眼的细光。等听到我的喊声，马汉扭头一看是我到了，他才放下腿，跳下车跟我打招呼。我看到他的右手食指缠着一圈儿创可贴，以为他在打扫卫生时给玻璃划破了，也没在意，掏出烟扔给了他一根，他打火点着，我们一同乘车在一家小酒馆前面停下，一前一后走了进去。

菜上来之前，服务员应我的要求，给我俩一人一瓶啤酒，马汉将两个酒瓶盖子反向地磕着，一使劲儿，瓶盖子全都掉了，我拿过属于自己的一瓶，仰脖就是一大口，对马汉说：到我们这样戒备森严的单位，你这可是大闺女上轿——头一回吧？

这算什么——现在知道了，以后咱哥俩儿见面就多了，我就不信我拿不下一个小小的值班室。马汉说着，冲着我把缠了一圈儿创可贴的食指竖起来，炫耀般地晃悠着说，知道为什么缠着创可贴吗？我莫名其妙地摇了摇头说：还不是图表现，在给领导打扫卫生时故意蹭破点皮儿，以引起领导的怜惜——也值得炫耀！他听了并没有对我反唇相讥，而是冲我摇了摇头后，紧接着又叹了口气，好像我什么都搞不成器似的。你呀，他的眉头皱了皱，嘴角轻轻地一撇，一点儿敏感度都没有。马汉

说：我敢肯定，在我找你的时候，你肯定是在会议室听上级传达关于南线的情况通报。是呀，我说，那又怎么啦？怎么啦？马汉盯着自己的伤指看了一会儿说，写血书咬破的！没等我张开的嘴巴合上，马汉接着说：我总觉得军人的悲哀就是无仗可打，天佑吾辈，现在机会来了，这不是天将降大任于斯人也吗？你我刚戎装上身，南部边境就燃起了烽火硝烟，这可是千载难逢的机遇啊，等上头的精神一到达我们师，我就第一个递上了血书，坚决要求上前线，要在战火里锻造我们这一代军人的铮铮铁骨，也不枉穿了这身军装。说实话，对马汉的一腔慷慨激昂，我一点也不感到意外，因为他是个血液像熔岩一样一直都在燃烧的家伙。唯一使我感到汗颜的是，单位刚刚还在学习上级精神，我怎么就没有想到像马汉那样要求上前线呢？上级批不批是一回事儿，但个人的请求和决心是另一回事儿。难道马汉是个热血青年，忠贞报国，自己就不是一个有理想与抱负，蓬勃朝气的青年军人？心里这样一想，惭愧就不由自主地在脸上显现出来。马汉见我有点尴尬，把手一挥说道：当然，你跟我不一样，我们是战斗部队，你们呢，是科研与保障部队，分工不同；我要求上前线名正言顺，而你们呢，去前线干什么呢？我承认马汉说的有道理，但我听了以后，觉得受到的羞辱比刚才更加严重。我一拳砸在酒桌上，盘盏器皿蹦跳的响声引来所有客人的目光，他奶奶的！我把第二瓶啤酒一饮而尽，恨恨道：回去我就写血书，你写一份，我写两份儿，不就是个血书吗，怕谁呀！马汉见我有点激动，用手压了压我的拳头说：别冲动，兄弟，冲动是魔鬼，要注意保密！他一提醒，我浑身“唰”地出了一身冷汗，是呀，这可是头号机密呀，我怎么能在这样的公共场合谈论这个问题呢，赶紧到吧台结了账，乘着马汉的吉普离开了。

回到单位，我就跑去见处长，把自己坚决要求上前线的血书交到他手里，并发誓说：上级若不同意，我就一份接一份地写，直到上级批准为止。

处长笑了。处长是湖南娄底人，苍白的脸，眉心中间有一个月牙形的伤疤，说起话来有一种女性般的柔和之美，平时就对我很关照，此刻见我激动异常，就拍拍我的胳臂说：报效国家是我们军人的天职，这一点你表现得尤为充分，对此我个人表示钦佩。说着，处长到饮水机旁为自己接了一杯水，放在杯子里面的茶叶立刻上下翻舞，起伏不定，宛如我此刻的心情。但是，处长接着说，军队也是有分工的，到前线去跟我们的对手真刀真枪地浴血拼杀，那是一线战斗部队的使命，而我们的任务，就是在后方做好科研及保障工作，以确保战斗部队有效地杀伤和歼灭敌人。处长的语气不大，嗓门不高，舒缓有度，气定神闲，以理服人，我的那股冲动渐渐平息下来。见我恢复了平静，处长把我的血书认真地叠起来，说我会把你的这份血书交到有关部门，并把它永远地存入档案里，让它见证，作为一个热血军官，在祖国最需要的时刻，它的主人所表现出来的无畏和胆气。处长的一席话，说得我满脑门儿冒细汗，同时也感到了自己的稚嫩和缺乏经验，我请求处长把我的请战血书归还给我，说我弄明白了，干好自己的本职工作，就等于跟到前线奋勇杀敌一样了。处长说从现在起，它已经不属于你一个人了，往近了说，它是我们单位广大官兵领会上级精神的有力见证，往远了说，它又是我们整个中华民族不畏外侮，精忠报国的一个宝贵精神财富，你想把它收回去，妄想！说完，处长迈着不紧不慢的步子，出了办公室，经过走廊，消失了。

没过多久，马汉的请战被批了下来，“猛虎师”从各营连抽调一批骨干，组成前线侦察分队，由马汉担任队长，秘密地开赴前线，因为战场纪律所限，从此我俩开始了长达半年的通讯隔绝。那些日子里，我无时无刻不在惦念着我的这位好友，在远离前线的后方，默默地为马汉祈祷平安，载誉归来。

四

马汉和他的侦察分队来到前线，是在一个漆黑闷热的夜里进入潜伏

阵地的，他们的第一个任务是抵近侦察，摸清对面山头敌军火力分布情况，为炮兵射击提供精准方位。

那是一座馒头型的小山，在两个国家接壤的崇山峻岭当中。这座山几乎可以称得上是一片洼地，中间凸周围凹的洼地，但是，正是这座小山，由于是中国军队发起攻击时的必经之地，而且对方也显然觉察到了这一点，在山上修建了许多隐蔽工事。工事之间有壕沟相连，加上这个国家刚刚结束多年的战争，大多的青壮年都经历过战争的熏染，擅长打游击，在壕沟里往来穿梭，跟猴子一样利索，很难被发现。

马汉的潜伏点是一个岩洞，洞口外沿生长着一片热带芭蕉林，称得上是一个天然的潜伏所在。洞里还有一个战士，利用通讯装备跟指挥所保持着联系，将潜伏分队发现的每一个敌方火力点汇报给指挥所。小山就在马汉他们的对面，距马汉他们的潜伏点也就 100 多米，中间仅隔一条小溪，就连溪水“哗哗”的流动声他们都听得清清楚楚，但却看不见溪流，因为此刻山里弥漫着大雾。尤其是对面的敌人阵地，更是云遮雾绕，雾流在树林间缠绕着，让马汉他们觉得，山上似乎住的不是武装的敌人，而是腾云驾雾的妖魔鬼怪。

天近中午，大雾依然没有散去，但能见度要比早上好一些，那条小溪依然见不了庐山真面目，但清晰地看到一缕缕的白雾从小溪四周的林间袅袅攀升。林子里竟然没有鸟鸣，一派死寂，却时刻可以飞来诡谲的子弹，丢掉性命的威胁让眼前的世界显得阴森恐怖。

马汉通过一架高倍望远镜，非常沉稳仔细地观察着对面的山包，搜索着每一个可疑地点。果然，一处异样引起马汉的警觉，在小山的左侧，有一个略显低洼的地方，那里的树林要比别处浓密得多，而且，通过望远镜，马汉发现，那里的浓雾缺了几分移动的舒缓，多了几分凌乱。经过分析思考，马汉认定那里可能是敌方的一个低级指挥所，并将这个想法报告给了我前方指挥部。指挥部综合马汉这个侦察分队返回的信息，断定小山守敌为了阻击我反击作战部队，在山上部署了一个加强

营的作战部队，筑成了以山洞、地堡、防空洞、明暗火力点、堑壕、交通壕、掩壕相结合的环形野战防御阵地和火力配置。周围有多道铁丝网，在小山跟两翼的山体结合部还有数道铁丝网相连，在小山与我部一侧有大量地雷，地雷以防坦克雷为主，还有大量绊雷、踏雷、跳雷、照明雷和汽油雷，其中不少都是在跟美国军队作战时使用过的，现在却用到我们的身上来了。

那场战斗可以用精彩来形容。当天夜里，我方炮兵集中火力，对小山及其四周进行了覆盖式急袭，头一个波次就把对方指挥所送上了天，攻击部队随着火炮的延伸冲上山顶，由于弹着点精准地落在了对方的火力点上，一下子就把敌人打蒙了。马汉跟他率领的侦察分队跃出隐蔽点，一马当先，在第一波次的炮火急袭过后，跟随延伸的炮火，乘着敌人失去指挥，陷入混乱的时候，迅速占领有利地形，在后续进攻部队的配合下，一举拿下高地。敌人死伤惨重，少数残敌仓皇逃窜，钻进深山密林，整个战斗不到一个小时就宣告结束了。

……

自古以来，鲜花、掌声和荣耀就是为英雄准备的，部队凯旋时，当地人民和部队夹道欢迎。马汉胸戴大红花，走在队伍的最前头，本来就英俊潇洒的马汉，此时此刻就更加显得意气风发，潇洒倜傥。对于这场战斗，马汉受到指挥还击作战的最高首长的肯定，并予以高度评价，为此马汉荣立了二等功，侦察分队荣立集体三等功。

接下来，马汉作为功臣，参加了一个全国性的演讲团，到人民大会堂讲演，历时 40 多天，回到原来的驻地后，就由副连越级提升为副教导员。而马汉那次巡回讲演最大的收获是认识了华瑞。那是在某个直辖市演讲时，当地政府照例安排了十几个相貌姣好的女大学生为英雄献花，华瑞献花的对象正好是马汉。据后来马汉给我讲他当时的感受时说：熔岩，对，熔岩！他说当时他感觉到自己浑身的血液像熔岩一样，从心底直往头上涌。当他的目光跟华瑞的目光四目相对的时候，一层细

密的汗水刹那间布满了马汉的脑门儿，这是以前从来没有过的感觉。在后场休息的时候，他要到华瑞的联系方式，从此两人开始了鸿雁传书，直到三年后领取结婚证。

五

中国军队自从朝鲜战争结束以来，已经多年沐浴在和平的阳光里了，此次自卫反击战正是锤炼一下这些共和国的捍卫者们的机会，于是，就出现了我军轮流到前线作战的壮观景象。马汉所在的“猛虎师”再次派遣分队到前线轮战，前次去的是侦察分队，这次则特意派遣一个特种连，跟上次一样，递交请战书的，写血书要求到前线去的非常踊跃，在这些无数的血书中，就有刚刚走下战场的马汉。

至于当时“猛虎师”首长是如何考虑的，至今始终是个谜，也许是考虑到，要进一步把马汉打造成为一个在全军叫得响过得硬，响当当的榜样吧。不管怎么样，只有结果最能说明问题，那就是，马汉再次被选中上前线，高职低配，仍然担任分队的队长。

不过，这一次马汉没有上一次那么幸运，特种分队的任务是完成了，应该说跟前一次一样，完成得非常出色，但一前一后发生在分队里的事情，让马汉功过几乎相抵。

首先是马汉最倚重的一班长的阵亡。一班长叫高虎，人机灵聪明，文化底子也可以，从马汉一到连里，高虎就跟着马汉，所以在组建新的特种分队的时候，马汉就把高虎挑选上了。马汉的意思是，利用这次机会，好好培养一下高虎，等打完这一仗回来，就保送高虎进军校。在这之前，高虎一直是马汉的文书兼通讯员，而在军队里，班长是兵头将尾，文书呢，跟班长是同等的待遇，所以，高虎自然而然地当上了一班长。

特种连的第一次任务是拔掉对方安插在我方前沿的一个观察哨。

马汉他们分队的驻地在一个瑶族和壮族混居的自然村里，几个兄弟

分队也散居在附近的村庄里，马汉分队和统一指挥几个分队的大队部离得最近。这天，马汉和分队的兵马立足未稳，一发炮弹呼啸着落在大队部的门口爆炸，一名哨兵当场牺牲，大队长的大腿也被削去一块皮。大队立即召集各分队长和指导员参加战前会议，大家经过分析，认为在对面的山坡上，一定有敌人设置的观察哨。观察哨就是炮兵的耳朵和眼睛，有了它们，威胁会跟影子一样甩不脱，躲不掉，如果不拔掉这个“钉子”，或许更大的伤亡会在某个时段等着他们。会上，马汉以无可争议的优势，争取到了拔除这支“钉子”的任务。

不知为什么，特种分队在极其隐秘的情况下进入到潜伏地，可高虎所在的潜伏位置却被对方一名狙击手锁定了。对方使用的瞄准镜是苏联制造的，精确度很高，当第一颗子弹飞过来的时候，高虎的调皮劲儿被激发出来了。他不仅没有压低身子，及时隐蔽，反而是往上探了探脑袋，张口骂道：他妈的，有本事你给老子再来一下子！高虎话音未落，又一颗子弹贴着高虎的耳朵根儿擦过，高虎只觉得那里一热，用手一摸，耳朵还好好地长在原来的地方。这下高虎更来劲儿了，低声说道：看来这些狗日的不过如此罢了，等攻击开始的时候，看老子怎样收拾你这些狗日的。高虎骂骂咧咧，还扭转脸朝马汉的潜伏位置看了看，就在他看到马汉冲他使出严肃神色的时候，第三颗子弹飞来，子弹正中高虎的面部下颚，高虎一声没吭地趴在那里牺牲了，马汉差点咬碎满口的牙，硬忍着没有动，也没有喊出口。

高虎在最不该牺牲的时候，最不该牺牲的地点牺牲了，在拔除掉那个“钉子”后举行的总结会上，有人提出，高虎的牺牲跟他不遵守战场潜伏纪律有关。甚至有人还对高虎应不应该参加这次行动提出疑问，指出高虎平时仗着跟领导近，自以为是，活泼有余，严肃不足，话中还对让高虎当一班长隐含批评的意味儿，这其实就等于在批评马汉。那是马汉第一次在战友们面前失态，他骂了那个人一句，人家在战场刚刚丢了性命，你却在下边对一个烈士说三道四，你的政治觉悟和同情心都让

狗吃了吗，小心老子收拾你！气氛一下子紧张起来，火药味很浓，总结会差点不欢而散，还是前来参加总结的副大队长控制住了局面。

另一件事情发生在马汉他们撤回之前。就在撤回工作准备完备，只待一声令下全部官兵登车之际，忽然有位排长过来报告，他的手枪不见了，他说自己找遍了宿舍的角角落落，甚至连老鼠洞里都掏了，也没有看见枪的影子。在军中，枪是什么，那是战士的第二个生命，有时候，一个战士可以丢掉自己的生命，但却不可以丢掉自己的武器，这是军队的一条铁的纪律。马汉一听心中一震，觉得这事要是让上级知道了，这次的出征可就真的毫无战绩可言了。他命令那排长带领全排在驻地认真搜查，找不到手枪别来见他。可是，几十个战士找寻了半天，就是不见那把枪的影子，眼看出发的时间快到了，这个盖子捂是捂不住了，指导员才向大队做了汇报，并将过错揽到自己身上，说自己对官兵的安全意识教育得不够，终至酿成这样的事故，请求组织的处分。

大队被迫推迟了启程出发的时间，就地展开了地毯式的排查。还是炊事班的一个战士无意中揭开了谜底。在开情况分析会之前，跟人闲聊时这个战士无意中说：半夜的时候，自己做了一个梦，那个梦很怪诞，吓得他出了一身冷汗，醒来后就再也没有入睡。就在这个时候，他发现司务长起了一回夜，大概是出去尿了一泡尿吧，只是按照正常情况，他这泡尿尿的时间有点长，神色也跟正常人略有不同。不就是尿尿吗，干吗这么蹑手蹑脚，神经兮兮的，再说，作战任务也完成了，至于这么小心翼翼的吗？

说者无意，听者有心，参加会议的保卫干事将这一情况朝大队做了汇报，经过批准，保卫干事找到司务长谈话，还没怎么说呢，那司务长就竹筒倒豆子，全都说了出来。

原来，司务长跟那排长参战之前就有矛盾，起因也很荒唐，还是当战士的时候，排长就说司务长借过自己 10 块钱，一直没有还，要司务长还钱。司务长完全记不得了，怀疑排长记错了，排长就言之凿凿地说

了一大堆的证据，什么时间，什么地点，都有谁在场，等等。司务长就要求那排长找出证人来，只要有证人说出他借了钱了，立马归还，不就是10块钱吗，多大个事儿呀，就是100块又当如何。但那排长说出的证人却不能为自己作证，因为他们都在此之前早已退伍复员了。司务长说：你是不是穷疯了！两人之间算是结下了梁子。

随着时间的推移，两人都提了干，工资也涨了，穿上了四个兜的干部服，可是两人之间的误会不但没有消弭，相反却越积越深。个性极强的司务长总想找个机会教训一下对方，可是，在老驻地还真不好下手，因为人多眼杂，弄不好被别人发现了，会偷鸡不成蚀把米的。偏巧的是，他和那排长都来前线参战了，他觉得机不可失，于是，司务长就装作起夜尿尿，偷偷来到排长的宿舍，取下挂在墙壁上的手枪，留下枪套以迷惑对方，而把枪扔到一个水塘里去了。

案子很快就破了，手枪也在司务长的指认下从淤泥里捞了出来，大队人马这才乘着车辆离开了驻地。

回到老驻地，部队根据战场暴露出的问题进行了整顿，对相关人员进行了处理。高虎跟几位牺牲的战友一起记了功，被评为革命烈士，而做好了充分思想准备，等着接受处分的马汉，不仅没有受到任何处分或通报批评，相反，他的正营职的任命也就在这时下达了，上级任命马汉为原部队营职教导员。

六

教导员的任命下来后，部队整顿也告一段落，马汉就给我打来电话，但不是接受我对他升职的祝贺的，我太了解这家伙了，对什么事情都追求完美的马汉，一定还没有从那两起事故的阴影中摆脱出来。果然，他这是邀请我去做他的伴郎的，因为他就要跟华瑞结婚了，请我喝他的喜酒。此刻处长已被提拔为我们基地的几个首长之一了，我厚着脸皮向他借了他刚配的专车，屁颠屁颠地就驾驶着出发了，不到15公里

的路程，眨眼就到了。马汉在营区大门口迎接的我，我看到就要做新郎的马汉丝毫没有喜悦之色，而是眼圈发黑，一脸的疲惫，显然是一段时间以来没有好好休息。

我开着车和马汉一起驱车到机场接了华瑞。那天的天气很给力，天空像大海一样碧蓝，没有一丝的云彩，成群的鸽子在半空打着鸽哨，忽而升高，又忽而飘落，而更远处的，是连绵起伏的大山，山峰在太阳光下影影绰绰，隐隐可见半空影子一样的雪峰。这是一个军民联营机场，华瑞乘坐的班机准时到达机场，随着机舱的缓缓打开，一个年轻女子陡地就从人流中凸显出来。以马汉的目光，我知道她肯定是华瑞无疑。此时到了一年中的金黄季节，正是瓜果飘香的时候，空气中弥漫着令人迷醉的气息。华瑞穿着考究的时装，留着素洁的披肩发，看似不加修饰，顺其自然，实则用心精到，愈发显露出了高雅的气质。接机的人群中只有我和马汉两个军人，相信华瑞一眼就把我们看到了，所以，尽管她还没有把有点夸张的墨镜从好看的脸蛋儿上摘下来，但那高高举起的右手，绝对就是冲着我俩挥舞的。如果不是执勤的人员阻拦，我和马汉早就迎上前去了。

华瑞的行李很简单，除了一个精巧的拉杆箱，再就是一个真皮的坤包了。从行李处取过拉杆箱，我们终于相聚到了一起，相信在马汉跟华瑞的交往中，没少提到我，所以尽管跟华瑞还是第一次见面，但当马汉告诉华瑞我的名字后，华瑞微微一笑，大大方方地跟我来了个拥抱。我弓着腰，尽量保持着应有的距离，但我还是在拥抱的同时，看到站在华瑞背后的马汉，冲我做了个怪怪的鬼脸。

马汉早就跟我透露过，大学毕业后，华瑞没有到国家机关去当一个旱涝保收的公务员，而是大胆地来到一家外资企业，当了一名白领。凭着华瑞那一口流利纯正的外语和工作上的不俗表现，很快就成了一名经理助理，月薪在那会儿就达到了 10 多万，而且还是美元，这让马汉一说起华瑞来，总是得意之情溢于言表。

到了马汉的宿舍里，公务员早把一切收拾得干干净净了，见我们回来了，及时地从大家眼前消失了。

不用说，华瑞的风采惊倒了全营上上下下的官兵，他们利用一切机会和借口到马汉的宿舍里去，弄得这对准夫妻连说句亲热话的时间都没有。

开着老处长的轿车，我当了两天的专职司机和导游，陪着两人爬了市区北部的那座山，那是名扬四海的一处关隘，山顶上，是一个雕梁画栋的亭子，亭子下面有一个裸放的石材棺椁，据说里面是一个为了爱情而殉情的貌美女子。棺椁的四周雕刻着很多首歌颂她大胆追求爱情的诗词，马汉提出跟华瑞在这里留个影，以作为他们爱情的见证，被华瑞一口否决了，说看看就行了，让一个棺椁见证什么，你就不觉得晦气呀！马汉一拍自己的脑袋，“哎呀”一声，说道：你看看我这主意出的，真不咋地，简直有点傻！华瑞上去揽着马汉的手说：好了，干吗那样拍自己呀！看着两人那酸掉牙的劲儿，我绷着笑扭过身去。马汉故意大声地说：别呀，当着外人的面，你不怕有的人嫉妒死我们呐！华瑞弯下腰，哈哈地笑得一阵娇喘。

婚礼一个礼拜后在营部食堂举行。虽然是食堂餐厅，但在团首长亲自过问，全营官兵的精心布置下，场面的讲究一点不比市里那些专业的婚庆场合差。该有的花篮，该有的彩带，该有的张扬，以及必不可少的大红地毯……所有的一切，应有尽有。

主持婚礼的是团政治处主任，一个能说会道的徐州人，个头不高，但才思敏捷，他的到场，透出上面对马汉这位名扬天下的英模的重视及偏爱。酒宴请的是市里有名的厨师，营部的炊事员应付这样的场面经验自然欠缺一点，毕竟，华瑞来自大地方。政治处主任说：咱得给大城市来的女士留下一个好印象，不然，让咱们的英雄在暗地里受气，那样的话，我这个婆家人多没有面子哟！

跟我一起，为一对新人当伴娘的是附近部队医院的一名护士，这护

士跟我和马汉都熟悉，还多次坐着我们的车到市里喝过酒，她的酒量是我见过的女性里最厉害的。有次我住院，恰好就在她的那个科室，在那里，我身上的某个零件因为罢工而被医生摘除掉了。那几天她对我的护理非常周到，时不时地从超市给我买营养品，照顾之周到用体贴入微形容都不为过，连去医院看我的马汉都嫉妒了。我当然知道她对我好的深意，但我始终没有接招，为什么呢？一是有人跟我讲，早些时候，她曾跟某个首长的警卫员交往很密切，有点谈婚论嫁的样子。可等那位警卫员考上军校，在前往院校报到的半路上，给她写了一封信，那自然是她翘首以待的信件。可等她将信打开一看，信封里倒是装着一张纸，但那张纸上什么都没有，也就是说，那家伙给她寄了一封空白信。纸上什么都没写，有时候比什么都写更明白，也更有力，他是在用无言的信纸告诉她：我们之间没戏！这件事在她们医院传得沸沸扬扬，连我都听说了。找一个被准学员踹了的姑娘做对象，说实话，我还没有做好这样的心理准备。再有一个就是，我对酒量大的女子素来有戒心，到底戒备什么，我不是很清楚，也许纯属是一种莫名的心病吧，只不过我一直没弄清楚，所以跟她在一起的时候，我也从来没有主动过。她一看我这德性，也就见好就收了，双方都做得很得体，彼此谁都没有伤害到自尊。

那天参加婚礼的，除了营部的大部分官兵，马汉带过的那个连队的官兵也都悉数来了，他们乘着绿色的大卡车，一路走一路唱着歌子，歌声撒了一路。看着这些朝气蓬勃的年轻战士，华瑞的脸上放着光，一把接一把地抓着糖块往小战士们的怀里塞，一边给糖一边说：这么多好小伙儿都到部队里来了，看着就让人高兴。而看着眼前这位漂亮的军嫂，战士们也激动异常，一口一个嫂子地叫，激动得连气都喘不均匀了。

七

那几年，是我军历史上风云际会的几年，先是大裁军 100 万，随后是改装，接着就是恢复军衔制度，军装由老式的解放服，换成了小翻

领，大盖帽，肩膀两边的星星熠熠生辉，使我军在与国际接轨的道路上迈出了关键性的步伐，而这一切都让我跟马汉一个环节不落地经历了。

虽然我和马汉是同一天入伍，同一天提为副连职军官，但在接下来的时间里，马汉的军旅生涯光彩夺目，成为那个时代里一颗耀眼的明星。在职务的迁升上也是顺风顺水，春风得意马蹄疾，授衔以前就是营教导员了，而我呢，还是在老处长的特意提议下，才勉强上了一级台阶，混成个正连，跟人家马汉中间差了整整两个级别呢。那个时候大学生还是比较吃香的，但那是在其他单位，在我们单位可不行，我们单位是个知识分子成堆的地方，大学生多的是，甚至有的还是研究生学历，我们基地的副主任还兼着某院校的博士后导师一职呢！像我这样条件的人多了去了，我清楚地知道，只有本本分分地干好自己的工作，默默无闻地、高标准完成各项工作任务，别的统统想都不要想，想也白想，不如不想。

虽然我还不是那种虚伪的人，但我也有自尊，也要面子。一个一杠两星的中尉，在两杠一星的校级军官的马汉面前，多少还是叫我觉得有点窝囊，有点底气不足，还有点酸不拉叽。每次一见面，我总是两腿一并，脚后跟“啪”的一磕，自己给自己喊着口令：注意了，立正——敬礼——！马汉知道我是那点吃不到葡萄也绝不说嫌葡萄酸的德行，非常大度地不跟我计较，一看我又来这一套了，就冲我前胸虚虚地捅了一拳，说去去去，你我兄弟还讲什么上下高低呀！我这才“嘿嘿”一笑，说声见笑，就该干什么干什么去了，当然，主要的还是找个酒馆一通小酌，几杯酒下肚，话匣子一打开，什么职务呀衔级呀，统统都忘到爪哇国里去了。

那时候军营里开始流行这么句话，是关于找对象的：少尉小，上尉老，中尉不老也不小——正好！的确，我这个不老也不小的中尉，也到了该解决个人问题的时候了，虽然比起马汉来已经迟到了一步，但谁叫人家进步快呢，既然仕途赶不上人家，那就索性什么都落后半步吧，这

样看起来也才顺理成章一些。

那位部队医院的护士眼看做不成我的新娘，就索性做起了我的红娘，不知道她怎么那么大的热情，总是往我的跟前带她的同事或战友，半年时间里，几乎半个医院的姑娘，还有附近一个通信总站的未婚女军官，都让她带了一遍。见我始终不点头，她在彻底失望的同时，也主动掐断了与我的联系，再没有出现在我的生活里。我从内心里觉得对不起那护士。马汉埋怨我没有跟人家解释清楚，我才把自己埋藏在心底的秘密在马汉面前抖了出来。说这话的时候是个天高云淡的秋天，我给马汉送去朋友从外地寄来的雪莲果，那位朋友是我高中的同学，考上了另一所大学，毕业后分到大西北某个省城，时常寄些当地的土特产给我。这次寄的干果就是在当地也是稀缺的，叫雪莲果。雪莲果褐红色，柔韧筋道，放进嘴里嚼起来，又甜又酸又柔，那个美呀，名字也好听，不跟马汉一同分享岂不是暴殄天物?

她是我高中的同学。我在坦白的时候，目光虚虚地看在某个时光的深处，陶醉在往昔那美好的回忆里，似乎她就站在时光的虚空中，加上无核葡萄的滋润，我几乎有种不知今夕何夕的恍惚感。相信马汉也想把我们的情感经历一网打尽，所以才没有在看到我那神经兮兮的样子时，竟意外地没有揶揄我，而是静静地看着我，等着我自己把一切统统都交代出来。

在上高中以前，我俩还不认识，是在高中二年级的中途，她从另外的一个城市迁过来的，因为她的父亲调到我们这个城市来主政公安工作了，她们一家是随迁来的迁移户。

她是一位非常安静的姑娘，虽然学习很好，但从不张扬，但凡出头露面的事情一点儿也不上心，一放学就回家。后来听一个跟她比较近的女生讲，她的母亲身体不是太好，腰椎间盘突出、坐骨神经痛等，连操持家务都困难，而她还有个上初中的弟弟，照顾一家生活的担子就完全由她主动承担起来了。

不知道是不是缘分作祟，她插班到了我们班级后，老师就把她安排成我的同桌了。从看到她的第一眼，我不由自主地就对她产生了好感，她呢，无论干什么都几乎哑谜一般没有响动，或者说动静很小，生怕惊着了什么似的。我被她的性情深深吸引住了，尤其是她在每天一看见我时，在急忙低头时脸上映出的那个无声的笑，让我有一种想为她做点什么的愿望。我于是跟她商量，要她同意每天下午放学的时候我送她回家，让我意外的是，她竟没有回绝我这个看上去没有丝毫道理的请求，她的脸像落日照耀的云霞，红彤彤的。

我和她不住在一个大院里，她家在西院，我家在东院，虽说都是省委的大院儿，但这个院子大得很，几乎占据着城南十分之一的面积。别看东院多少号西院多少号地标得非常清楚，但许许多多的新老楼盘纠缠在一起，道路曲曲弯弯，曲径幽暗，让她一个姑娘家走在这样迂回复杂的居民区里，的确需要像我这样的一个男同学替她仗着点儿胆。

日子就这样流水一样地朝前走着，眨眼间高中结束了，我考上了入伍前的这家理工学院。她呢，为了照顾家，就近选择了本省内的一所师范学院，这样不仅平时就可以照顾到家，等将来毕业后，可以就近分配，留在本市，而事实上，她的人生之路也正是这样一步步走过来的。上了大学后的第一个假期，我就到她家去看望她了。看来之前她把我俩的关系已经对她父母讲了，等我一走进她家的门，从她母亲对待我的态度上，我就感觉像走进了自己的家里一样，一点陌生感都没有。后来我决定从学院直接入伍到部队，虽然事先也没有跟她商量，她得知后仍然十分支持，最后我们说定：在我们 28 岁的时候，办理结婚登记。

马汉听完惊呼：你的保密工作做得也太好了！我一直没有对象，这你是知道的，华瑞是我后来在外演讲时认识的，这你都知道，我什么都没有对你隐瞒啊！可是你呢，你这个家伙，心里藏着这么一位“小乔”，我俩在一起四年，愣是一点风都没有透露给我，你太不够意思了！

我们是普通男女，没有炫耀的必要。你就不同了，美女配英雄呀！我故意煞有介事地嚷嚷，多少还显得有些厚颜无耻。马汉知道真的闹起来了，他拿我一点办法都没有，只好一副言归正传的神色，问有照片吗？他朝我伸过手来，我得替我兄弟把把关，看看是何方神圣，将一个自命不凡的公子哥，揽在石榴裙旁边不敢离开半步，那么多的军中“花木兰”都没让他动心。

自从马汉成为全军的英模后，再出入我们单位的大门就一点阻碍也没有了，甚至我的老处长还专门托我的关系，邀请马汉在我们单位大礼堂做过一回演讲。那一回马汉属于超常发挥，讲得非常生动，我办公室隔壁的女保密员在台下听得泪流不止，说自己从小就崇拜英雄，只是那些英雄不是在电影里，就是在书籍里，总是跟自己隔着很远的距离，这回见着真正的英雄了。她还缠着我找到马汉，欢天喜地地跟马汉合了一张影。

我取出抽屉里的一本影集，她的照片就放在扉页，马汉还没看仔细呢，就嚷了起来：乖乖，没听说吴海燕有位孪生的姊妹呀，你该不是将吴海燕的照片当作自己心上人了吧！

去去去！我笑了，推了马汉一把。我承认对象是跟那位扮演海岛女民兵的大明星吴海燕有些相像，但在我心目中，她比那位明星还要令我爱怜，因为我今生今世必须得保护着她，陪伴着她，一直到老！

几个月后我请了婚假，我们是旅行结婚。我刚一回来，就听马汉说华瑞怀孕了，恐怕不久他们就要做爸爸妈妈了。

看来，无论在哪个方面，我就是脱光脚丫子，这一辈子也别想跟马汉赛跑了。

八

这一年夏天，我国淮河流域的汛期提前到来，迅猛异常，暴雨连续下了将近两个月，安徽河南交界的 70 多个市县，降水量在 600 至 800

毫米的就有 20 个，800 至 1000 毫米的有 30 多个，1000 至 1500 毫米的有 10 余个。凶猛的暴雨在江淮大地肆无忌惮地横行了两个月后，这两个省份的江、河、湖、库水位急剧飙升，多次在淮河上形成洪峰，给豫皖二省造成了自中华人民共和国成立以来最为惨重的损失。作为一支有着优良传统的军队，解放军早就做好了抗洪抢险的准备工作，很多师、团级单位制定了不止一套预案，只等命令一到，立马出发。

命令是在一个暴雨如注的下午，通过电话下达到"猛虎师"各团的。此刻天地间一片漆黑，一个个骤然炸响的雷电不时地把巨大的天幕撕开，随即又严丝合缝地闭锁上，哗哗的雨声成为整个世界唯一的主宰。在下达命令之前，军里就要求各师、团，按照紧急情况预案，成立抗洪抢险指挥部，由军政主官亲自挂帅，24 小时战备值班，并组建紧急情况突击队，成员必须是游泳能手，队长要由各级首长指定，报上级机关备案。马汉专门找到团长政委，争取到了本团救灾突击队的队长。

经历过烽火硝烟的马汉，到了抗洪前线才知道，跟炮火连天的战场比起来，抗洪救灾一点也不轻松，甚至它的凶险程度远超过真正的战场。在这里，他们面对的不是飞速袭来的子弹，也不是呼啸而至骤然炸响后四散横飞的弹片，而是那些打着漩涡的浑黄的激流。只是可别小看了这些平时极其温柔的水流，一旦聚集起来，它的力量随时都可以将一切瞬间吞没，马汉从抗洪前线的情况通报中得知，有的抗洪部队已经有战士在抗洪抢险的战斗中，献出了年轻而宝贵的生命。

马汉他们团驻扎在险情最突出的淮河王家坝一带，一车车的沙袋沿着又高又宽的堤坝运来，官兵们再一袋袋扛着送到筑坝现场。刚开始的时候，战士们都是小跑着运送沙袋，因为那种情景，任谁都会有一种时不待我的紧迫感。几天下来，官兵们个个成了泥巴人，这时候别说跑了，就连走动都几乎迈不开腿了，何况还有成群结队的蚊子整天围着他们，发起一轮又一轮的袭击。有一次，马汉下意识地用手朝着脖颈拍了一巴掌，结果闻到一股强烈的血腥味儿，他伸过巴掌一看，满手掌都是

鲜血，都是那些穷凶极恶的蚊子从他身上吸出来的，由于过度贪婪，膨胀的身子来不及飞走，就被马汉一巴掌歼灭掉了。

在一般情况下，突击队跟团里其他营连一起抢险，而一旦什么地方出现了险情，那就要看他们的了。马汉知道，这样的情况肯定会来的，只是在什么时候来到跟前，就要看老天的了。

然而谁都没有想到，它会挑选一个看上去抗洪已经获得阶段性成果，大雨也开始减弱，战士们可以就地躺倒在现场的泥地上歇缓一阵儿的时候到来。事情过后，马汉回忆起当时的情景，依然感觉到它的诡异，后脊背仍在冷不丁地冒凉气。

魔鬼的声音有时候一点也不可怕，甚至听上去像天籁一样动听。那天晚上，这样的歌声马汉听到了，马汉手下的突击队员们也都听到了。虽然大家都非常非常疲惫，但奇怪的是，并没有一个人踏踏实实地睡过去，可以说都是睁只眼闭只眼，所以，当那个美丽动听的声音一传来，大家听得心惊肉跳，竟一时间都没有反应过来。马汉第一个从行军床上跳起来，大吼一声“有情况!”就箭一般冲上河岸，战士们也没有落后，只是再没有什么人发出第二声喊叫。

所有人都被眼前的景象惊呆了。

堤坝里侧几米远的地方，有一个巨大的黑洞，黑洞周围的水流呈螺旋状在迅疾地旋转。随着黑洞的转动，大地在颤动，堤坝在颤动，而堤坝外侧 100 多米远的地方，正有一股猛烈洪流涌出地面，它正是堤坝的天敌，眨眼间可以造成堤毁人亡的管涌!

一时间大家头脑一片空白。

凑巧的是，坝上停着一溜装满沙袋的卡车，司机正在驾驶舱里打瞌睡。马汉打开第一辆汽车的车门，拽出打瞌睡的驾驶员，自己发动着卡车，一个倒挡离开车队，等倒出一个短暂的加速带后，就踩足油门，挂上快挡，下山的猛虎一样朝着那旋涡冲去。在大家的一片惊叫声中，马汉和卡车在堤坝跟漩涡之间划了一道彩虹般的弧线，瞬间消失在旋涡

中了。

团指挥所快速组织部队填补管涌，人们流着泪，有人不时地还哭出了声。即便这样，一条条沙袋还是通过几道由人体组成的传输带沉入管涌处，等旋涡平复，远处的水流消失，沙袋渐渐露出水面，才有人放声大哭起来。

那是一个令人窒息的不眠之夜。

第二天，师、团两级指挥部里气氛凝重，他们失去了一个在自己部队成长起来的英雄，一个两度赴火线参加战斗的英雄，敌人的枪炮没有伤到他的一根毫毛，却被看似温顺的洪水吞噬得无影无踪。虽然英雄牺牲得壮怀激烈，但一想到这么个生龙活虎的大活人，眨眼间没有了，从此在他们中间销声匿迹了，从师首长到全团上上下下，都弥漫在一种巨大的悲痛情绪之中。师里明知道马汉本人跟卡车一道沉入了河底，垫在了无数条沙袋下，仍一边组织搜寻队沿沙河两岸搜寻，一边安排师、团两级的笔杆子整理材料往军里报。

铅云低垂，细雨绵绵。大堤上躺满了几乎与泥土混成一色的官兵们。只有团抗洪抢险指挥所里，偶尔传来一线抗洪分队通过无线通话器，向团指挥所汇报防区查巡情况，除此之外，只有值守的人员在桌前，静静地挥笔写着什么。

上午 10 时左右，兄弟部队突然打来一个电话，说他们在河边巡察时，发现一个被洪水冲上岸来的人，经过紧急抢救，人已经苏醒，那人自称是你们团的人，请马上派人过去核实，如果情况属实，请将人领回去。团长闻讯，亲自带人赶到 10 公里外的那个部队，只见马汉安然无恙地躺在医疗队的帐篷里，睡得正香。

你个龟儿子呀！一语刚出，团长的泪水也同时“哗”的一声涌出了眼眶。

原来，马汉在驾驶着卡车冲向管涌的同时，打开了车门，在卡车即将沉入水里的瞬间，跃出驾驶舱跳进水里。按说他根本无法逃出旋涡那

巨大的吸引力的，是卡车落水时造成的一股冲击波，将他推出危险区域，随着另一个浪头袭来，又把他一下子带出十几米远，随后他就什么也不知道了。

20天后，抗洪抢险工作完满结束，还没有等部队撤出抢险区域，军里已经发出一道任命，原来的团政治处主任任本团副政委，马汉由营教导员升任该团政治处主任，并同时记二等功一次。

九

当年的秋天，“猛虎师”师部招待所住进了一位特殊的客人，他是一位老军人，来自我生活过的那个城市，老军人走过抗战的烽火硝烟，身上多处留有弹片和永远无法取出的子弹头，刚刚从省军区领导位置上退下来，就到“猛虎师”来看望自己的儿子来了。我这样一说，您可能已经猜出来他是谁了，对，他就是我的好兄弟马汉的父亲。

马汉的父亲下榻师部小招待所的当天，是由副师长作的陪，因为师长和政委分别陪同国防大学调研班和下基层的军区工作组了。

晚上，接风宴放在了市上最豪华的酒店里，“猛虎师”除了副师长和副政委，市上的领导，还有马汉所在团的团长、政委及马汉本人，我因为有事儿，没有参加那晚的宴席。老人的烟抽得很厉害，几乎是一根接一根，但酒却一口不喝，他说自己是天戒。老人说，他年轻的时候，共和国还刚刚建立，他任某师的副师长。有一回曾经凭着一腔热血，跟人家拼了一回酒，那一次是在野外，一望无际的草甸子上，大家准备了罐头，几瓶什么大曲，刚开始他是不喝的，可同来的人中有个人不干，说酒又不是毒药，怕个什么，你只管喝，喝死了我偿命。这话太重了，他再也无法张开嘴了，结果，几杯酒下去，就出现了状况。席间，他在警卫员的搀扶下到几棵树后头小便，刚开始，他的大脑就随着尿液的排出，一下子什么都没有了，失忆了，整个人“噗通”一声摔倒在地。警卫员吓坏了，赶忙喊来随行的军医，七手八脚地把他弄到地毯上，进

行了一番应急抢救。还好，躺了大概 20 分钟，他就醒过来了。醒来后，他不知道自己为什么会躺在这里，更不知道究竟发生了什么，只是感觉周围几个人的脸色煞白，他问大家出了什么事儿了，他们谁都没有告诉他出了什么事儿，只是一个劲儿地劝他多喝水，并收拾东西往车上搬，嘴里还不停地催促着说：回，回，回，赶快回！

车子回到部队，他们立即把他送到单位医院，大家你一言我一语地说出了当时的情况，医生根据大家的描述，对他进行全方位的检查，血液呀，心脏呀，血压呀，等等，该检查的地方都查了个遍，该看的零件一件也没落下，结果什么都好好的没有查出一项毛病出来。最后，医生给出的建议是，戒酒，坚决戒酒，最好滴酒不沾。老头儿笑了，说我压根儿就是滴酒不沾的，可恶的是那个浑小子对我实施了激将法，看来我这个老家伙上了人家的当啦！

其实，老头真正怕的还是红酒。刚当兵的那阵儿，一次，部队打了一个漂亮的歼灭战，消灭国民党军一个整编旅，缴获了大批战利品，光酒就有十几箱，其中还有几箱法国红葡萄酒。当天部队举行庆功酒会，炊事班炖了一锅又一锅的猪肉粉条，酒是现成的，红酒白酒一齐上了桌。他光知道自己不能喝白酒，觉得喝点红酒还是可以的吧，就要了一茶缸红酒。酒瓶上写着外国字，听说是闻名世界的一个酒厂的产品，但具体是什么地方，他不感兴趣，也无法搞清，他只管跟大家碰过杯后，张嘴就是一大口，酒刚刚咽下去，他就觉得脸上的皮肉和脑仁儿“嗡——”地一下炸开了，人当即就趴下了。那次醉酒他躺了两天两夜。后来，他到了领导岗位上，他的保健医生要他每天在饭前饭后最好能饮一杯红酒，他也采纳了。可是，他只要喝点酒，最怕的就是上卫生间，而最危险的就是解小手的那一瞬间，要么，必须靠在墙上才能解决问题，要么憋回去，休息一会儿再上卫生间。

听了老头儿的介绍，再敬酒的时候，别人都用酒，老头儿则端白水。一开始，马汉有点过意不去，要替代老人喝白酒，还是被副师长挡

回去了，你喝好自己的那一份就可以了，副师长说：大家会把握分寸的。老头子不满地看了马汉一眼。

后来几天，马汉专门抽出时间，陪着父亲到当地几处著名景点转了两天。老人虽说年纪大了，但精神足，劲头大，这些地方走了一遍几乎没有说累，尤其是记忆，格外清晰。

那天马汉陪父亲参观了市里刚刚建成的博物馆，回到招待所天已经黑了，用过晚饭，马汉要父亲休息，自己准备回团里，却被父亲留住了。那是父亲跟马汉说话最多的一次，基本上都是父亲在说，马汉竖着耳朵听。父亲从自己在战场上被俘，加入共产党的队伍中来开始讲起。马汉不觉一震，这是他第一次听到父亲曾经是国民党部队里一员的说法。父亲看了他一眼说：你不要吃惊，那会儿我刚刚被抓壮丁没几天，连军装还没洗一水呢，就过到新四军这边来了。新四军的一个干部在参军登记的时候，对马汉父亲说：算了，你到我们这边来，从头开始吧，就不把你当作一个俘虏对待了。所以，档案上根本没有父亲曾经参加过国民党部队这一项，我要是不说，恐怕没有一个人会记得我还有这样一段历史。我真该感谢那名新四军的干部啊。父亲长叹一声，人生在世，要知道什么是知足，什么是自知，更应该知道什么是感恩。这些年我一直在寻找那位新四军的干部，可我一直没有找到，也许他在后来的战斗中牺牲了，但我一直不相信他会牺牲，因为他是个好心的人，一句话改变了我的命运，这不是随便什么人都能做到的，只有好心的人才能做到。马汉知道父亲的话含有别的意思，至于是什么意思，马汉暂时还弄不明白，但马汉相信自己一定会弄明白的。类似的交谈马汉在上中学的时候就有过，或许是父亲锻炼他思考的一个方式，也是父亲独有的表达方式，可惜的是，他几乎是转眼间就把父亲的话丢到九霄云外去了。

那晚父亲讲了很多，马汉没有记住多少，这是马汉后来告诉我的，直到他跟父亲告别，在回单位的路上都在思忖着，从自己懂事到上大学，父亲跟他说过的话加起来都没有那晚的一半多。

马汉父亲来的时候，我刚好不在单位，到总部争取一个项目去了，马汉的父亲跟马汉讲述自己当兵的经历那晚，我乘坐的飞机正在机场跑道上滑翔。一到家我就给马汉打电话，说了下一步的安排，马汉连声说好啊好啊！

第二天刚好是礼拜五，单位直属队要到野外进行野炊，政治部的崔干事是我的好哥们儿，我把自己的想法跟他说了，他说，副处长你就放心吧，多大个事儿呀，这事儿就包在我身上了。

我的意思是，老头儿多年来一直在领导岗位上，也恐怕没有多少机会跟基层官兵待在一起过，就是偶尔下基层一回，也是在参谋干事和部队领导的包围之下，一点随意选择空间自由的权力都没有。这一次，我要让他真正地跟基层的官兵过一个周末，尝尝现代战士们的野炊水平和战士们亲手烤的羊肉串儿，跟这些来自五湖四海的小伙子们照张相，合个影，不暴露自己的身份，彻彻底底做一回平民，完完全全放松一回。马汉非常支持我的想法，表示一定参加这个活动，我拒绝了。我说别介哥们儿，你一来，就难免暴露老爷子的身份，那样一来我的一切心血就都泡汤了，他就不是我的远房叔叔了，而是大名鼎鼎的英雄的父亲了，就会像《英雄儿女》里面王城的父亲那样，被大家敲锣打鼓，身披大红花，夹道欢迎了。弄不好再一暴露他的真实身份，战士们还野炊什么呀，恐怕连放哨的人都不够了。

我的夸张说法逗得马汉在电话里一个劲儿地哈哈大笑，但他不得不承认我的话有一定的道理，才心有不甘地答应自己不过来了。

那天老头儿过得非常开心，这一点不用别人说，我就能看出来，因为老头儿跟战士们在一起表现出的天真顽劣的一面，让我充分肯定了自己的判断。那是在吃过烤羊肉串以后，他和两个四川籍的战士玩儿扑克，玩的是“斗地主”，他之前虽然不会，但老头儿非常聪明，战士说了一遍玩牌儿的方法，他就知道怎么玩儿了。有一把老头抓了两个“炸弹”，却不知道对手也有两个“炸弹”，而且比他手里的“炸弹”

要大得多，于是，他像个土老财一样，信心十足地就把“炸弹”甩出去了。结果，那战士跟着就炸了他，老头儿一下子就觉察出了问题，说自己出错牌了，非要把自己的“炸弹”再拿回来，那战士不依不饶，还振振有词地对老头说，你就是再没当过兵，也该知道炸弹都爆炸了，是没有办法再收回来的。这稚嫩却不无道理的话，加上对老头身份的不解，逗得我和老头儿，还有一边的崔干事，笑得差点岔气。

天将黑的时候，我开车送老人回师部招待所，马汉已经在那里等着了。一下车老头儿就对马汉说：今天是他多少年以来最开心的一回，这回算是来着了。话里的夸赞颇叫马汉嫉妒，马汉一脸醋意地说：不行的话就叫他给你当儿子算了，我不够格儿！

你、你、你呀……老头儿高兴地哈哈大笑。

我走后，这爷儿俩就进行了一次长谈，这是马汉后来告诉我的。也就是在那次长谈里，老头儿暴露出了想叫马汉转业的想法，他的话让马汉很不舒服，以致马汉很久很久都没有想通。几年以后，马汉父亲在招待所的那番话突然跃现在他的大脑里，才让他想起那句“知子莫若父”的话来。

马汉还说，父亲的话几乎没有走他的大脑就被他一口回绝了，马汉根本没有意识到自己的话对老人的伤害，马汉对父亲说：我自己的路，你还是让我自己来决定吧。口气有点生硬，父亲当即就沉默了，那样子让人多多少少都会产生一点恻隐。从此以后，马汉一天比一天地强烈意识到，自己的话对老人是多么的残酷，他也一直不肯原谅自己，也多次寻找机会向父亲道歉，可惜这样的机会马汉一直没有找到，因为就在那次老人来马汉部队回去后不久，就突发脑出血去世了。

十

一个奇异的女子出现在我和马汉的生活里，是在马汉任主任的第二年。虽然我们之间的相处完全是一种“哥儿们”义气的方式，但她毕

竟是个女的，而且是那么的气质高雅，端庄靓丽，就难免会有人风言风语。当然，这其中相当大一部分因素是因为马汉身上的光环太惹眼，又前途正劲。

马汉他们团的驻地附近，有一家石油单位。这个单位的副总是一位刚刚被下派来任职的女子，属于国家重点培养的专业人才，前途不可限量。到公司后，主抓意识形态方面的工作。女副总不愧为见过世面的女强人，思路开阔，决定先对工人进行人生观和价值观的教育，这样就为下一步的制度实施和执行夯实了基础。

在开会研究这一决定的时候，有人就提出请马汉来做一场报告，女副总一听，觉得这个名字非常熟悉，脱口就问，是不是以前被树为全国英模的那个马汉？这个人很是吃惊，觉得马汉的名声真够大的，连北京刚刚下来的副总都知道了。女副总见他诧异的样子，笑了，说这有什么，当年马汉在清华大学礼堂做报告的时候，她和附中的同学们就坐在报告台的下面，那个时候，马汉可是她们女孩子们心目中的白马王子呢。

说是请英模来做报告，在还没有开始请的时候，部队迎来了自己的节日——“八一”建军节。拥军优属是当地党委、政府每年的一项例行工作，“八一”的前两天就开始了轰轰烈烈的拥军优属活动，这个送来成车的西瓜，那个送来鲜活的猪和羊。唯有这家企业这么多年来很少举办过什么活动，别看这家企业跟马汉他们团驻地最近，而问题恰好出在两家离得近上。这个石油单位成立之初，在征用土地的时候，两家有过纷争，因为其中一块地是军产，任何人都没有权利动用，除非大军区下文批准才行，虽然地方党委、政府从中也协调过，但结果依然不尽如人意。

现在女副总一来到公司就了解了一切，随即决定打破这个僵局，就在公司党委会上提出到部队驻地慰问的建议。当然没有什么人提出反对意见，因为在这以前，跟马汉他们团因纠纷而产生感情疙瘩的主要领导

已经调离了，只是怕老领导知道了说他们搞“修正主义”，才没有跟部队联系。现在女副总既然提出来了，他们也不愿被别人说自己不讲政治，于是会上决定由女副总带领慰问组，买了几台电脑和电视机等慰问品，开着一辆大卡车送了过去。女副总坐着奔驰行走在前头，卡车载着慰问品和员工跟在后头。一看从来没有什么关系的石化公司送来这么多慰问品，而且带队的副总以前没有见过，气质高、谈吐不俗，这让团里领导觉得必须高度重视。而且地方党委、政府的主要领导都到了，石化公司的老总们也都到了，气氛格外热烈。轮到马汉说话时，那位女副总也站了起来，她不敢相信当年坐在大英雄演讲的讲台下面，就没有想到有一天会再见到自己心目中的大英雄，更别提为自己敬酒了。马汉一听，觉得这位女副总太给自己面子了。

令马汉没有想到的是，第二天女副总打电话给他，她要自己做东，请心目中的大英雄吃饭喝酒，女副总还在电话里特意说，既然是喝酒吃饭，也不能太冷清了，至于都叫哪些人，一切听凭马汉自己的安排。马汉就通知了我一个人，没有喊第二个。在告诉我这件事儿的时候，一听马汉在电话里的那个得意样子，原本不打算去的我，二话没说就同意了，因为马汉在电话里把这位我还没见过一面的女人一通狠夸，这激起了我强烈的好奇心，非要看看这究竟是个气质多么高贵的公司副总不可！

直到真的见到本人，我在心里直呼这一趟没有白来！

这是一位留着齐耳短发，相貌姣好，但更以气质服人的女子。不光五官精巧，全身没有一处不透着一个“妙”字，但妙在何处，你又一下子说不清道不明了。只是你若要将目光在她的脸上稍做停留，我相信无论是谁，但凡是个男人，你的心里都会怦然狂跳，她的靓就会逼得你几乎不由得要躲避。你对她只能欣赏，她皮肤如绸缎般光洁顺滑，衬托出她的天生丽质。她的媚眼只能用两个字来概括，哪两个字呢，一个是“顺”，一个是“细”。她的眉毛是细长的，弯曲的弧度就是丹青高手都

未必能画得出来，丝毫没有后天加工的痕迹；她的眼睛不是特别大，却细长细长，眼皮双得也不是很夸张，就如同用画笔那么细细地描了一笔似的。她身材高挑，凹凸部分也都恰到好处，一身质地高档的咖啡色西装裙，衬衣是海蓝色的，领口打着领结。

当时马汉坐在包间门口，背朝着过道，不知正跟女副总扯着什么，见我来了，就一把把我拉到身边坐下，给女副总介绍起我来，什么大学同学啦，最好的战友啦，过命的哥们儿啦，来自一个城市的挚友啦，等等。听得女副总最后咯咯笑了一阵，然后站起来伸出手跟我拉了一下，大大方方地做了自我介绍，说她姓顾名然叫顾然，上的是清华大学中文系，还是在大学附中的时候，就听过马汉主任的英模报告，对英雄崇拜得五体投地。因为内心怯懦，加上年纪小，最终没敢跑上讲台请马汉主任签字留名，多年来深以为憾事。大学毕业后分到国家石油部，原以为再也跟那个英姿飒爽的战斗英雄无缘相见了，没想到天遂人愿，跟大英雄在这里相遇了。上苍如此眷顾自己，她怎么可以不了却多年前的那个心愿，好好地敬英雄一杯酒，和英雄来个亲密接触呢！

马汉一边抽烟一边摆着手，要顾然别说了，再说他可就要钻桌子底下去了，说着就将脑袋往桌子底下探，逗得顾然又是一通大笑。

那天我们三个人喝得酣畅淋漓，最后只好以部队有纪律为借口，总算把多次要酒的顾然给拦下了。

之后，我们三个总是找些机会聚一聚，话也非常投机，成了人人皆知的“铁三角”。

十一

顾然到石化任副总的那年冬天，华瑞也正好来部队探亲。在这之前，团里盖了一栋家属楼，分给团首长居住，空下来的几套公寓，作为临时来队的干部家属使用。

女人的直觉都是敏感的。华瑞刚刚进到二楼的房间门口，还没有到

达客厅里面，那股陌生的气味就被她捕捉到了，这在以前她来队时是没有过的。她微微地颦蹙眉头，什么都没说，把拉杆箱往墙角一竖，声称自己有点晕机，到那间小卧室里躺着去了。

马汉以为华瑞真的累了，关上门就到办公室去了。

似睡非睡中，电话铃声响了，是个女的，华瑞能够“听”出来，这是个很有修养的女人。一听对方的声音，华瑞就知道自己的危险已经来临了，往后的事情可能不大好办，尤其是对方那沉稳、自信、说话的方式，表达的语气等，让华瑞在气势上先输了一局。她被对方牵着说话的方向，乖乖地承认了自己是马汉的爱人，来部队探亲，刚下飞机。对方说好的，既然是嫂夫人大驾到了，她就要为嫂夫人接风洗尘，华瑞不肯，说自己有点晕机，胃里难受，晚上不想出去，并客气地对对方的热情表示感谢。对方说，早就听说嫂夫人很优秀，只是无缘见上一面，现在机会来了，她怎么可以白白放弃尽早见到嫂夫人的良机呢。她没有再给华瑞说话的机会，说给马汉主任打电话商量，就果断地撂了电话。

华瑞再次躺到床上，却一点睡意也没有了，预感再次被证实，她的大脑刮起了12级台风，搅得她的脑仁儿生疼，就仿佛被一把锥子无情地划拉着一样。

华瑞不知道自己是什么时候迷糊过去的，等她被一阵汽车的自动报警声叫醒的时候，天色已经暗了下来，西面天空中的火烧云激烈灿烂，正在给一天的结束进行辉煌的总结。她来到窗前往楼下看，楼下的水泥地坪上停着一辆越野“牛头”，无言却又十分霸气地占据着一大片地方。车门打开，最先从车里走出的是马汉，华瑞知道这肯定就是中午打电话的那个女子的车了，因为马汉他们团里的小车最好的才是“三菱”，像这样的车，一般的单位开不起。正想着，一位风姿绰约的女子从驾驶室里打开门跳到地上，她在用手捋自己柔顺短发的时候，扭头朝华瑞站着的窗户瞄了一眼，幸亏在她下车的瞬间华瑞往里面退了一步，否则，两人的目光正好就对接上了。如果真的那样，她不知道自己会如

何处理，是探出身子并伸出手来假装欢迎好呢，还是像所有第一次见面的人那样，给对方一个矜持的微笑好呢？

但时间已经不允许华瑞做过多的设想了，因为一前一后，马汉和那位丽人已经开门走了进来。

这是顾然，石化公司的副总。马汉说，这是华瑞，我的夫人。

简洁的介绍再次印证了马汉和这位公司老总的关系谙熟的程度。

华瑞伸出手和顾然的手轻轻地碰了一下，就迅疾地移开了，华瑞并不想暴露自己的真实想法，但她的手出卖了她，她想挽回但来不及了，顾然莞尔一笑，这一笑笑得华瑞的眼前金星狂舞。

我自然受邀参加了接风的晚宴。看来每个人都有属于自己的缺点，以华瑞的聪明睿智，她完全可以大度一点，装作对马汉跟顾然的情况毫无察觉，毕竟马汉与顾然之间并没有什么可以让她无法忍受的地方。退一万步来说，就算她真的发现了什么蛛丝马迹，也可以借助酒劲儿装疯卖傻，给两人一个警告，不说为了自己，就是为了家庭的完整，也值得这样做。可是，华瑞没有这样做，整个酒席当中，她一直没有放下脸子，虽然马汉一再解释她这是因为晕机，情绪受了影响的缘故，华瑞都没有配合马汉，而是以冷峻的表情漠然以对，这几乎是等于不给顾然面子，毕竟这是顾然给她办的接风酒宴啊。好在顾然格调开阔，一点儿也没有在乎，每次稍有冷场的时候，她都以高超的艺术化解尴尬，她的艺术很简单，就是先微微地一笑，然后给各位碰杯，而每逢此刻，华瑞的脸上就风云际会，我赶紧跟华瑞拉话，出来圆场。酒席进行了俩小时，我从头到尾充当和事佬儿，累得我汗水淋漓，顾然多次用眼神对我表示感激。

两天后，华瑞推说孩子身体不好，提前乘飞机返回了，马汉怎么拦都拦不住，最后两人还动了手，可笑的是，两口子每次动手，吃亏的总是马汉，那一次也不例外。马汉脖颈上的那道血印像卧蚕一样扎眼，搞得马汉始终不能穿着十分喜爱的小翻领常服，而是穿上了只有训练作业

时才上身的迷彩服，还要将拉链拉得高高的，紧紧的，才勉强遮挡得住脖颈上的血印。

到了年根前，我的那位“小乔”到部队来了。以前，每逢春节，都是我请假回去看她和双方家人，今年她提出要带着我们的儿子来部队看我。她说儿子在幼儿园整天炫耀自己有个当军官的爸爸，受爸爸的影响，尤其喜爱飞机大炮这样的玩具，说等他长大了也要当兵。这回她要带领儿子到军营里来，让儿子长长见识，看看军营到底是什么样儿的，也不枉他是军官的儿子一场。

已经是基地首长的老处长，非要第一个为我老婆儿子接风洗尘，连马汉都不得不靠后。那天马汉去了，顾然也去了，席间听说马汉要提升了，大家都端着酒，争着预先祝贺马汉高升。马汉也没有反驳，只是在跟我老婆碰酒的时候，马汉的眼里显出细碎的泪花儿，我的心一沉，感觉他跟华瑞之间很可能出现什么状况了。

十二

就在大家都等着喝马汉晋职酒的时候，马汉的命令没到，我当处长的命令却到了，也就是说，根据军衔与职务相匹配的规定，我的军衔是上校，而马汉还是中校。

尽管我们是铁哥们儿，况且两人压根就分属两个不同的单位，但在我的庆祝酒宴上，马汉还是有明显的失落感。

那是顾然出任石化集团公司副总的第二年，出于单位特殊性质的考虑，老处长把酒席摆在基地内的一家酒楼上。那天老处长拿出了自己的家底儿：几瓶藏了多年却舍不得喝的茅台，那会儿它才几十块一瓶，现在呢，处长拍拍酒瓶上的红丝带，1000 多块一瓶呢。处长冲我眨巴着眼，像个孩子似的调皮地笑着，说今儿个我赔大发了，小子，你说该怎样来报答我吧！

马汉一根接一根地抽着烟，处长倚老卖老，说大英雄少抽点儿，没

看见在座还有几位女士吗，二手烟的危害更大，还是少抽点儿。马汉赶紧掐灭抽了一半的香烟。

那天马汉喝得最多，几乎是来者不拒，顾然在一旁用眼神制止他，他装作没有看见，直到舌头转不过弯儿来的时候，还争着要酒，嘴里呜呜啦啦地说：今天是我兄弟的好日子，我高兴，谁不让我喝谁就一边稍息去。看着马汉迷离的眼神，顾然显出了不忍的神色，不过也就是我能看出的那种层次，这一点我敢肯定。老处长也觉得马汉今天发挥失常，有点郁闷，我正好有个电话出去接了，回来的时候就宣称单位有事儿找老处长，半真半假地把老处长推出包间门送走了。

酒虽然多了，但马汉的神志是清醒的，他也觉得再待下去太说不过去，就连声说自己失态了，给哥们儿丢人了，起身就往外走。

你终于知道自己的做法不妥当了，顾然说，这表明你仍不失英雄本色嘛！

这是我第一次看见顾然用这种口吻跟马汉说话，话语里面有责备有揶揄，只是我弄不清楚是责备的成分多呢还是揶揄的成分多，就装作什么也没听到。

小车在夜幕里悄然驶进家属区，执勤的战士看见里面坐着马汉，敬个礼就放我们进去了。楼上亮着灯，那是公务员在打扫房间，看见我们回来了，小伙子腼腆地一笑，下楼去了。进了房间，安排马汉躺到卧室的席梦思上，顾然从卫生间里取出毛巾，打开热水龙头把毛巾弄湿，来到马汉跟前为他擦脸。马汉一把夺过来自己擦，顾然看着我笑了笑，没有说别的。华瑞自从去年那一次生气匆匆走了以后，除了跟我电话联系过几次，一次也没有搭理过马汉，马汉也肯定知道华瑞跟我打问过什么事情，但我除了跟华瑞说马汉一切都好以外，还能说些什么呢？

一切安排好后，我安慰马汉多注意休息，就要开门回去，马汉突然跳下床拦住我，说这么晚了，你又没有开车来，怎么回去。我说打的。

那不行！马汉说，顾然你先回去吧，我们哥儿俩好久没有说过体己

话了，今儿个好好唠唠。那好，顾然还是颔首一笑，你们哥儿俩就好好“摆龙门阵”吧，但要适可而止，明天还上班呢。说着一阵香风刮过，带上门下楼去了。很快楼下传来几声“牛头”自动开门的“嘀嘀”声，随即一阵微弱的蜂鸣声，声音渐渐远去，很快就没有了。

说是留下来说话，真正要说的时候，两人又不知道该说什么，从何说起了，而我的眼前则满是顾然与华瑞的样子，两个人交替出现，如同在我眼前玩儿走马灯似的。马汉呢，则仰面看着房顶的吊灯，好像要防止吊灯掉下来砸着他一样。

这样不知过了多久，马汉下床走到壁柜跟前，从最底层的一个小抽屉里取出一个本子，虽然我意识到了那会是什么，但当它出现在我面前的时候，还是大大地吃了一惊。那是一个离婚证书，是马汉和华瑞的，它来的是如此出人意料，真的让我不知说什么好。我默默地捧着这个普普通通的离婚证书，心里如同打碎了五味瓶般充满了酸甜苦辣咸。一个曾经是多么令人羡慕和幸福的家庭啊，怎么就这么经不起一点点儿风吹雨打，说散就散了呢？华瑞，一个多么高洁的女子，多么聪慧的现代知识女性，难道就因为太过高洁，太过聪慧，就一点承受能力也没有吗？那么，先前的幸福和完美呢，难道是镜中花水中月吗？还有，那个机灵聪明的小禹禹，从爸爸妈妈领取这本蓝色的小本本的那一刻，就注定了要从此过上一个残缺的家庭生活，这对她是多么的不公平呀！

忽然，一声呜咽吓了我一跳，它来自不知什么时候深深埋在被子下面的马汉的嘴里，看起来，这番委屈在他那看似潇洒又高大的身躯里已经憋了不止一天两天了。这个看起来什么都拿得起放得下的汉子，这个曾经如一颗璀璨明星一样耀眼的大学生军官，这个面对炮火硝烟连眼都不会眨一下的铮铮男儿，这个可以开着卡车冲进洪水漩涡眼都不眨一下的英雄，在面对情与爱的撕扯纠葛中，却显得筋疲力尽，无可奈何了，最后也不得不选择了以泪洗面这条凡俗之路。

哭吧，朋友，让泪水好好冲洗内心的委屈与惆怅！尽情地哭吧！

我悄悄走出卧室，越过客厅，打开房门，进入静谧的夜晚，我深深地吸了一口气，还扩了几下胸，静谧的夜空下，无数的星星在尽情歌唱……

十三

接下来发生在马汉身上的事情，真正印证了那句“人若倒霉了喝口水都要塞牙”的俗语，在经历了一系列感情的波折和职务升迁上的打击和挫折，等组织上决定任用马汉的时候，一桩意外事故使马汉头顶曦光乍现的天空，顷刻间又被厚重的乌云严丝合缝地关上了。

就在师里经过研究，将马汉提升为正团职干部任用的报告送到军政治部，准备上军党委会的前夕，一起严重的安全事故发生在马汉的这个团里。这起事故发生得是那样稀奇，那样诡异，那样的不是时候，似乎它早已准备好了，就是冲着马汉的前途来刻意搅局的，而且它一招儿就击中了马汉的命门。只是这场事故太过残酷，代价是两条年轻战士鲜活的生命。

那是个冬天，一个寒冷的礼拜天，两个公务员被团里指派，到市上出一趟公差，为宣传部买一些办公用品，并准备顺便各自买些日用品之类的东西。出了营房大门口就是条国防公路，营房大门的斜对过有个公交车站，每隔几分钟就有一趟公交车开往市里，两个战士就站在站牌前面，一边说话一边等公交车的到来。大约等了不到五分钟的时候，从右手方向开过来一辆重型大货车，轰隆隆地向前飞驰。谁都没有注意到，大车一侧会有一只轮子突然挣脱束缚，并且被巨大的惯性驱使着，朝两个站在站牌下说话等车的战士无情地碾压过来，两个正值青春年少的小伙子，就这么一瞬间命丧轮下。

部队那阵儿对安全工作抓得非常紧，可以说安全工作压倒一切。不幸的是，这样的事情让马汉赶上了。结果可想而知，马汉提升的事情被搁置了。

事后顾然到兵站来看望马汉，那阵儿马汉忙乎得焦头烂额，哪里顾得上跟顾然多说，他也压根儿就没有听清顾然都说了些什么，就把顾然粗鲁地支走了。等稍稍清闲下来，回想起顾然临别时的面部表情，和那句五味杂陈的“对不起，再见”的话，这才弄清楚，顾然调到某个石油指挥部任副指挥长去了。

一时间，巨大的空虚和失落几乎将马汉在一瞬间击垮，好在他有一个强壮的体格和超强的心理素质，才使他最终没有垮下去。

作为最好的战友和哥们儿，发生在马汉身上的一切，我全都看在了眼里，但急是没有用的，这是别人无法帮助的事情，更是不能用好言抚慰就能解决得了的问题。这是命运，这就是生活！

等团里因这起事故而导致的忙乱尘埃落定，马汉整个人也瘦了一圈儿，脸上隐隐可见熊猫眼。马汉因为在这起重大事故中没有直接责任，但原本就被耽搁的提升之路，因为这次事故的波及而显得越发前途未卜了。

十四

两年时间转瞬即逝，两年里我也升任基地的副职。按说，这是个值得庆贺的事情，可是我却无法跟我的铁哥们儿一块儿分享，因为我怕伤了马汉那强烈的自尊心，只能在电话里轻描淡写地告诉了他。马汉呢，不失为英雄本色，还是在顾然请我们吃饭的那家饭店为我庆贺。

席间，马汉跟顾然通了电话，把这个消息告诉给了她，顾然要马汉把电话交给我接听，电话里，顾然首先祝贺我的高升，但接下来问得最多的还是马汉。顾然特意嘱咐我，多在感情上关照马汉，她说：看上去马汉大大咧咧，其实内心非常柔软，有时候简直就是个孩子，尤其是当下，正是对感情上格外需求的时候。要我空闲的时候，多跟马汉聊聊天，帮马汉排遣一下内心的焦虑。

还好，上级机关终于又想到了这个昔日的英雄，他终于等到了迟到

的团职任命。只是这个命令将马汉从“猛虎师”部队调到某个预备役团任团长去了。这几乎破灭了他一生追求的那个梦想。所以，那天马汉在电话里一度哽噎，他即将离开他心爱的部队“猛虎师”。

直到这一刻，马汉才又猛然记起那晚父亲跟他商量要他转业的一幕，因为时间过去了好久，具体内容已想不起来了，但老爷子脸上的神色仍然历历在目。难道说老爷子隐隐有一双法眼，多年前就看出什么来了吗？此时此刻，马汉多么渴望知道父亲当年的想法啊！可惜的是，这个答案已经随着老爷子的仙逝而无从找寻了。

但是，军队就是军队，命令就是命令，马汉还是乖乖地去预备役团报到了。

不久后，军区在某野战师召开安全工作现场会，交流各单位在安全工作上的经验和成果，战区内所属团级以上单位的主官都参加了这次会议，马汉自然也去了。自打从“猛虎师”调到预备役团，一路波折使马汉骨子里那种天生的英雄禀赋，此刻正在朝着某个不确定的方向剧烈转化。会议刚报到的时候，马汉遇见一个指挥学院时的同学，那同学是某装甲旅的副旅长，也在前线作过战，相约开着车到附近去转转，事故就是在翻过山下那个垭口的时候发生的，因为垭口处有个陡坡，陡坡边上也有个警示牌，上面写着过坡的注意事项，也许两人聊得太过热络了，根本没有看见有个什么警示牌，速度也自然没有降下来。结果，小车一个趔趄，打着滚，朝着那条跟垭口 100 多米深落差，翻滚着浪花的河里摔了下去……

我在大院小路上转到第三圈儿的时候，手机突然响了起来，一听就是顾然的。她告诉我，自己已经落地了，要我带上车去机场接她。我原本有许多话要问她的，但转念一想，还是让司机开车过来，坐上车，直奔机场而去……